闲情偶寄 艺术生活的结晶

颜天佑 编著

江苏凤凰文艺出版社

图书在版编目（CIP）数据

闲情偶寄：艺术生活的结晶 / 颜天佑编著.
南京：江苏凤凰文艺出版社，2024. 6. -- ISBN 978-7
-5594-8787-2

Ⅰ. I264.9

中国国家版本馆CIP数据核字第2024D1A239号

著作权合同登记号：10-2024-109

版权所有 © 时报文化出版公司

本书版权经由时报文化出版公司授权北京时代华语国际传媒股份有限公司简体中文版，委托英商安德鲁纳伯格联合国际有限公司代理授权。非经书面同意，不得以任何形式任意重制、转载。

闲情偶寄：艺术生活的结晶

颜天佑　编著

责任编辑	项雷达
图书策划	宁炳辉　马利敏
特约编辑	刘丹羽
装帧设计	时代华语设计组
出版发行	江苏凤凰文艺出版社
	南京市中央路165号，邮编：210009
网　　址	http://www.jswenyi.com
印　　刷	唐山富达印务有限公司
开　　本	880毫米×1230毫米　1/32
印　　张	7.25
字　　数	168千字
版　　次	2024年6月第1版
印　　次	2024年6月第1次印刷
书　　号	ISBN 978-7-5594-8787-2
定　　价	58.00元

江苏凤凰文艺版图书凡印刷、装订错误，可向出版社调换，联系电话025-83280257

总序
用经典滋养灵魂

龚鹏程

每个民族都有它自己的经典。经,指其所载之内容足以作为后世的纲维;典,谓其可为典范。因此它常被视为一切知识、价值观、世界观的依据或来源。早期只典守在神巫和大僚手上,后来则成为该民族累世传习、讽诵不辍的基本典籍,或称核心典籍,甚至是"圣书"。

中国文化总体上的经典是六经:《诗》《书》《礼》《乐》《易》《春秋》。依此而发展出来的各个学门或学派,另有其专业上的经典,如墨家有其《墨经》。老子后学也将其书视为经,战国时便开始有人替它作传、作解。兵家则有其《武经七书》。算家亦有《周髀算经》等所谓《算经十书》。流衍所及,竟至喝酒有《酒经》,饮茶有《茶经》,下棋有《弈经》,相鹤相马相牛亦皆有经。此类支流稗末,固然不能与六经相比肩,但它们代表了在各自那一个领域中的核心知识地位,是很显然的。

我国历代教育和社会文化,就是以六经为基础来发展的。直到清末废科举、立学堂以后才产生剧变。但当时新设的学堂虽仿洋制,却仍保留了读经课程,以示根本未隳。辛亥革命后,蔡元培担任教育总长才开始废除读经。接着,他主持北京大学时出现的新文化运动更进一步发起对传统文化的攻击。趋势竟由废弃文言，提倡白话文学，一直走到深入的反传统中去。

台湾的教育发展和社会文化意识，其实也一直以延续五四精神自居，故其反传统气氛及其体现于教育结构中者，与大陆不过程度略异而已，仅是社会中还遗存着若干传统社会的礼俗及观念罢了。后来，台湾才惕然警醒，开始提倡"文化复兴运动"，在学校课程中增加了经典的内容。但不叫读经，乃是摘选"四书"为《中国文化基本教材》，以为补充。另成立"文化复兴委员会"，开始做经典的白话注释，向社会推广。

文化复兴运动之功过，诚乎难言，此处也不必细说，总之是虽调整了西化的方向及反传统的势能，但对社会民众的文化意识，还没能起到普遍警醒的作用；了解传统、阅读经典，也还没成为风气或行动。

20世纪70年代后期，高信疆、柯元馨夫妇接掌了当时台湾第一大报《中国时报》的副刊与出版社编务，针对这个现象，遂策划了《中国历代经典宝库》这一大套书。精选影响人们最为深远的典籍，包括了六经及诸子、文艺各领域的经典，遍邀名家为之疏解，并附录原文以供参照，一时社会震动，风气丕变。

其所以震动社会，原因一是典籍选得精切。不蔓不枝，能体现传统文化的基本匡廓。二是体例确实。经典篇幅广狭不一、深浅悬隔，如《资治通鉴》那么庞大，《尚书》那么深奥，它们跟小说戏曲是截然不同的。如何在一套书里，用类似的体例来处理，很可以看出编辑人的功力。三是作者群涵盖了几乎全台湾的学术精英，群策群力，全面动员。这也是过去所没有的。四是编审严格。大部丛书，作者庞杂，集稿统稿就十分重要，否则便会出现良莠不齐之现象。这套书虽广征名家撰作，但在审定正讹、统一文字风格方面，确乎花了极大气力。再加上撰稿人都把这套书当成是写给自己子弟看的传家宝，写得特别矜慎，成绩当然非其他的书所能比。五是当时高信疆夫妇利用报社传播之便，将出版与报纸媒体做了最好、最彻底的结合，使得这套书成了家喻户晓、众所翘盼的文化甘霖，人人都想一沾法雨。六是当时出版采用豪华的小牛皮烫金装帧，精美大方，辅以雕花木柜。虽所费不赀，却是经济刚刚腾飞时一个中产家庭最好的文化陈设，书香家庭的想象，由此开始落实。许多家庭乃因买进这套书，仿佛种下了诗礼传家的根。

高先生综理编务，辅佐实际的是周安托兄。两君都是诗人，且侠情肝胆照人。中华文化复起、国魂再振、民气方舒，则是他们的理想，因此编这套书，似乎就是一场织梦之旅，号称传承经典，实则意拟宏开未来。

我很幸运，也曾参与到这一场歌唱青春的行列中，去贡献微末。先是与林明峪共同参与黄庆萱老师改写《西游记》的工作，继而再协助安托统稿，推敲是非，斟酌文辞。对整套书说不上有什么助益，自己倒是收获良多。

书成之后，好评如潮，数十年来一再改版翻印，直到现在。经典常读常新，当时对经典的现代解读目前也仍未过时，依旧在散光发热，滋养民族新一代的灵魂。只不过光阴毕竟可畏，安托与信疆俱已逝去，来不及看到他们播下的种子继续发芽生长了。

当年参与这套书的人很多，我仅是其中一员小将。聊述战场，回思天宝，所见不过如此，其实说不清楚它的实况。但这个小侧写，或许有助于今日阅读这套书的读者理解该书的价值与出版经纬，是为序。

致读者书

颜天佑

亲爱的朋友：

记得小时候，住在乡下的四合院里，虽没有什么豪华的装饰、摆设，但宽广的宅院，却也尽够小朋友们追逐嬉游。院子里陶塑的大鱼缸、瓶瓶罐罐中栽植的盆景，总是生意盎然地让老宅增色不少。白日里，大人们种田、下海，各忙各的。到了夜里，微风轻拂，收拾了一天的忙碌倦累，在门口摆上几张长板凳，下棋的下棋、聊天的聊天，一种与世无争的闲适，便荡漾在星空下的渔村了。而在大人摆龙门阵的当儿，精力旺盛的小顽童们又怎能闲得住呢？跳房子、捉迷藏、老鹰捉小鸡……非要等到大人们吆喝了才罢休，否则游戏是不会结束的。偶尔节庆的迎神赛会、搬演野台戏，那就更是无忧无虑生活外的一大享受了。

后来读了书，生活便逐渐走了样。功课的压力开始了，高考的恐惧出现了，为了美好的"未来"，于是"现在"只好让它不美好了。更无可奈何的是，随着大家无休无止地努力，经济不断地飞跃向前，所有的人都沾沾自喜地说："生活改善了，生活改善了。"但真的"改善"了吗？我们看到的是：大批人口拥向都市，挤得像沙丁鱼罐头似的车子横冲直撞、噪声污染、环境污染等现象，充斥在今天的社会里。而"奋战"了一整天之后，人们拖着疲惫的身子，再度回到局促的公寓中。有着全套的电器设备，他们似乎便可以足不出户了。即使憋不住了，在阳台伸个懒腰，天空也总是被林立的高楼大厦割裂得片片段段。更严重的情况是，很多现代人居然不知道"邻里街坊"为何物呢！尤其在这样奔波迫促的生活里，绝大多数的人都不容易培养出一些增添生活情味的兴趣，于是生活便总是单调地日复一日罢了。

面对着如此巨大的转变，我不禁要想，随着物质文明的推进，我们的生活难道非如此"跟上"不可吗？而又为什么我们不断地谋求生活的改善，却愈来愈不懂得生活了呢？由于我是研究中国戏剧的，对于笠翁《闲情偶寄》一书，自然不得不加以涉猎探讨。没想到这么一个人、这么一本书，却给予我相当大的启示，使我心中的疑惑，为之拨云见天。当然，我也极愿意在自己多少领悟之后，进一步来介绍给大家同享。

笠翁是一个爱自由、喜山水的文人，一生追求艺术化、趣味化的生活。尤其他所处的时代，正是中原鼎沸、民族沉沦的一段黑暗时期，这更加深了他绝意仕进、顺性自适的生活态度。在他的《闲情偶寄》卷十五中曾提道：

> 追忆明朝失政以后、大清革命之先，予绝意浮名，不干寸禄。山居避乱，反以无事为荣……或裸处乱荷之中，妻孥觅之不得。或偃卧长松之下，猿鹤过而不知。洗砚石于飞泉，试茗奴以积雪，欲食瓜而瓜生户外，思啖果而果落树头。可谓极人世之奇闻，擅有生之至乐者矣。

· 05

而尤西堂《杂俎二集》中所收《闲情偶寄序》一文，也如是说道：

> 笠翁薄游吴市，携女乐一部，自度梨园法曲。红弦翠袖，烛影参差，望者疑为神仙中人。

另外，《兰溪县志》卷五更有如下的一段记载：

> 性极巧，凡窗牖、床榻、服饰、器具、饮食诸制度，悉出新意，人见之莫不喜悦，故倾动一时。

尽管由于社会风气的拘执保守，李渔挟艺浪游的清客生涯，在当时颇受到一些正统人士的訾议。不过他对艺术的热爱与生活的赏鉴，却无论如何也该被肯定的。从以上所引的三段话，我们多少可以窥知笠翁心性、才艺的一斑。而如果再细加思索，更不难体会到：它们事实上正是交织成笠翁多彩多姿一生的主要线索，也是他《闲情偶寄》一书写作的根本骨架。

说到《闲情偶寄》一书，一般人可能会立刻想到笠翁在戏剧方面的论见。不错，在传统剧论的范畴中，笠翁可以说是第一个提出完整理论架构的人。但是《闲情偶寄》既为文人闲情的寄托，那么，戏剧的创作与聆赏，只是其中的一环罢了。其他有关饮食起居、园艺玩赏的生活艺术，同样是日常不可或缺的涵养。如果以余怀为此书作序的康熙十年（1671）为写成的年代，这本《闲情偶寄》便该是笠翁六十年艺术生活的经验谈了。

《闲情偶寄》一书共计十六卷，十六七万字之多。在八个单元中,《词曲部》与《演习部》是他编戏、导戏心得的结晶。其中《词曲部》又分为结构、词采、音律、宾白、科诨、格局六项,这些都是就学理立论。尤其当多数曲家都仍耽溺于审音订律、句琢字炼的工作时,笠翁便已揭出剧本结构的重要性,这不能不说是他的独具慧眼。《演习部》则分选剧、变调、授曲、教白、脱套五套,大致是从实验中创说。而不论剧本问题、演出问题或是戏剧的教学问题,笠翁都充分掌握了一个基本的原则,那就是"戏剧之设,专为登场"。事实上,也唯有确认戏剧的生命乃建立在舞台之上,从事戏剧的编导,才不至于失之偏颇。

《声容部》分选姿、修容、治服、习技四项,主要谈的是女性如何修饰仪容和学习技艺,以美化外观、涵养气质。《居室部》分房舍、窗栏、墙壁、联匾、山石,《器玩部》分制度、位置。这两部分是在强调生活空间的运用与变化,以塑造自己独特的风格,使人经其地、入其室,便为之耳目一新。《饮馔部》分蔬食、谷食、肉食三项,笠翁对宴席上的山珍海味,反不如日常简便饮食来得有兴味。他认为"饮食之道,脍不如肉,肉不如蔬,亦以其渐近自然也"。所以如何去领略它们各自不同的风味、享受品尝的乐趣,那才是笠翁真正追求的生活韵致。《种植部》分木本、藤本、草本、众卉、竹木五项,共七十一种植物。从各种植物独特的风貌、神采,笠翁不仅喜获怡情养性之方,同时更由自然的交融神会,领受为人处世的至理。最后一个单元为《颐养部》,共分行乐、止忧、调饮啜、节色欲、却病、疗病六项。主要强调如何顺应个人的境遇,以及外在纷至沓来的变化,去寻求适意延年的方法。

从以上《闲情偶寄》一书的内容来看,我们可以说笠翁实在是一个最懂得生活艺术，也最能享受生活情趣的人。从最寻常的娱乐、最日常的生活中，他却能发掘它们最独特、最别致的兴味，这是多么难能可贵啊！只希望在改写的过程中，较平浅的字句、较直接的表达，都不致减低原书的意味，而影响到大家的体会。不过原书中的《声容部》一个单元，专论女性的装饰涵容，立论较为狭隘，观点也不尽合今日，便大胆地将它"割爱"不写了，这是必须先做说明的。其他的单元则分为笠翁的戏剧理论、日常生活的赏鉴两部分，加上作者介绍，就粗略地扎出了这一本小书的骨架了。

朋友，在今天这种紧张忙碌的生活里，或许你我都拥有一份实在的课业或工作，也不虞物质享受的匮乏。但是我们可曾问过，生活的乐趣究竟在哪里？生活的质量又到底应该如何？或许当放学、下班之后，灯下品茗，且试着去翻阅一下《闲情偶寄》，我们将瞿然醒觉，毕竟圣人也曾说过"一张一弛，文武之道"呢！

目录

上篇　作者介绍

一、创作部分／012

二、编选部分／012

中篇　笠翁的戏剧理论

第一章　笠翁剧论的几个相关问题

一、思想渊源与时代背景／023

二、写作的动机与态度／030

三、笠翁剧论中的基本观点／035

第二章　笠翁的戏剧理论

一、关目问题／053

二、唱曲问题／059

三、宾白问题／070

目录

四、题材问题/077

五、科诨问题/082

六、搬演问题/086

七、批评问题/101

下篇　日常生活的赏鉴

第一章　居室的结构与布置
一、房舍部分/115

二、窗栏部分/120

三、墙壁部分/124

四、联匾部分/127

五、山石部分/129

第二章　器玩的设计与摆列
一、制度部分/135

二、位置部分/142

第三章　饮食的风味与处理

一、蔬食部分／147

二、谷食部分／150

三、肉食部分／153

第四章　花木的种植与赏鉴

一、木本部分／161

二、藤本部分／168

三、草本部分／171

四、众卉部分／177

五、竹木部分／180

第五章　养生的道理与途径

一、行乐部分／187

二、止忧部分／195

三、调饮啜部分／196

四、节色欲部分／198

五、却病部分／199

六、疗病部分／201

目录

附录　原典精选

词曲部／207

居室部／210

器玩部／212

饮馔部／213

上篇

作者介绍

上篇　作者介绍

凡是研究中国戏曲或者尝试着去了解传统生活艺术的人，没有不知道李渔的。李渔一辈子没做过官，可说是一生在为生活而奔波忙碌。但他的文采才情，却使他生前即享有盛名，他的朋友王安节曾说："名满天下，妇人稚子莫不知有李笠翁。"足见他当时远近闻名的情况了。而或许就因为不曾当官的缘故，史书里没有他正式的传记，这尽管造成了诸多的残缺不便，却丝毫没有影响后世对李渔研究的兴趣。甚至时到今日，愈来愈多的学者包括外国的在内，都不断地以他为研究对象。事实上，李渔的艺术才情、创作成就，以及对生活兴味的领会，也确实充分表现了一个传统文士的涵养和气质。今天，西化浪潮渐趋泛滥，而古典行将淹没，我们抚今思昔，再来对这么一个人的身世、思想，做一番凭吊追思，也应该另有一种意义吧。

除了"李渔"这个姓名外，他还有许多字号和笔名。起初字笠鸿，又字谪凡、随庵主人。搬家杭州后，卜居于西湖边，自称湖上笠翁。而寄寓南京时，则自称新亭客樵。写小说发表，常用觉道人、笠道人、觉世稗官等笔名。所编的剧本诙谐曲折，极受一般人的喜爱，大家都昵称他为"李十郎"。

明神宗万历三十九年（1611）的八月初七，原籍浙江金华府兰溪县下李村的李渔，诞生于江苏如皋。由他后来所作的《过雉皋忆先大兄》一诗看来，他的长兄就是死在如皋的。至于李渔究竟在那儿住了多久，什么时候又搬回故乡兰溪的，今天已经没有更具体的资料可以确定了。

李渔从小读书，写诗作文，少年时代已经有作品结集出版。可惜由于接连不断的战火兵灾，代表他这个阶段生活、思想的诗文，就如此化为灰烬了。他的家境十分富裕，穿的是绫罗绸缎，

闲情偶寄：艺术生活的结晶

吃的是山珍海味，住的则是有花木亭台的宅院，这段生活的积渐濡染，跟他后来《闲情偶寄》中所表现的生活艺术的品位，大概有着相当密切的关系。天启七年（1627），他作了一首《元日试笔》的诗：

尊前有酒年方好，眉上无愁昼始长。
最喜北堂人照旧，簪花老鬓未添霜。

年少英发，双亲健在，而家庭又极富裕，这时的李渔可说是生活在无忧无虑之中。崇祯二年（1629），李渔十九岁，这年他的父亲过世了，而这似乎正代表着他生活的一种大转变。李渔的原配妻子姓徐，虽说确切的结婚时间已无法考知，但根据他诗文中的种种资料，至少也是在十九岁之前。而崇祯三年（1630），也就是李渔二十岁那年的夏天五月，兰溪一带疫疠流行，李渔一家几乎都病倒了。他自己的病好不容易才痊愈，被传染的徐氏却又卧病了。照顾女儿和徐氏，都只得偏劳满头白发的母亲。后来终算熬过，却也已尝够苦头。

崇祯八年（1635），李渔从家乡到婺州去参加童子试，主试官春及堂主人侯官夫子许豸，非常赏识他对五经的见解，还特别把他的试卷刻印成帙，常常拿给朋友看，并说："我在婺州考选到一个'五经童子'。"时隔四十年之后，许豸的儿子许于王在浙江当官，见到李渔，仍然不忘此事，并拿出那本试卷让李渔亲自过目呢！李渔感念许豸生前的知遇之恩，除了恭设灵位哭祭，又为许豸的《春及堂诗集》作序。

李渔在童子试中，虽然有着如此出色的表现，但往后的功名路途，却没那么幸运了。崇祯十二年（1639）的夏天，时已二十九岁的李渔，满怀着希望赶赴省城杭州参加乡试。没想到途经萧山县西南方的虎爪山时，遇到了强盗，平白受了一场虚惊。而这场乡试，他更不幸落第了。第二年的元旦，眼看着已经迈入而立之年，但是功名事业，仍无着落。尤其面对妻子的鼓励、期盼，李渔更是焦急、感慨不已。他因此填了《凤凰台上忆吹箫》一词，以抒发自己的怀抱：

　　昨夜今朝，只争时刻，便将老幼中分。问年华几许？正满三旬。昨岁未离双十，便余九还算青春。叹今日，虽难称老，少亦难云。　闺人也添一岁，但神前祝我，早上青云。待花封心急，忘却生辰。听我持杯叹息，屈纤指不觉眉颦。封侯事，且休提起，共醉斜曛。

　　不过大抵说来，在三十岁以前，李渔的生活还算是宁静而适意。尤其他又在兰溪的瀫水西边，买下了伊山这座高仅三十余丈的小山丘。虽说也只是乡村式的建筑，但依山傍水，草堂、幽径、小桥、回廊，天工人巧，相互辉映。生活在这样的天地里，当然是惬意极了。此外，在婺城里，他也租了房子，经常入城小住。保持着清闲安适的心境，而又不至于离群索居，可以说是李渔这一阶段生活的最佳写照了。

　　后来因为流寇蜂起，时局动荡，李渔求取功名的心志也就渐趋冷淡了。他在诗中，往往慨叹着"中流徒击楫，何计可澄清"。然而祖逖击楫中流，终还有勇武报国，李渔一介书生，又能如何呢？只有无可奈何地吟叹"诗书逢丧乱，耕钓俟升平"了。避乱

闲情偶寄：艺术生活的结晶

山居的三年，是明朝大势将去、翻天覆地的时期，却也是李渔一生最享清福的日子。知识分子的逃避与无奈，就如是讽刺地显现在他的身上。

崇祯十五年（1642），李渔的母亲过世，一家只剩徐氏、长女淑昭和他自己三人。家庭日渐冷清，而生计更是愈来愈艰困了。在除夕诗里，李渔写下了"五穷不缺一，八口尚余三"的辛酸字句。崇祯十七年（1644），李自成攻陷了北京，明思宗在煤山自缢。清军由于吴三桂的开关延引，也长驱直入山海关。在这种兵连祸结的时局里，李渔饱尝了乱离颠沛的痛苦。婺城租赁的家毁了，藏书手稿，都因兵燹而付之一炬。瀫水边精心营筑的"伊山别业"也因为生活的窘迫，不得已转售别人了。李渔个人则在婺州司马许檄彩的邀请下，暂时当了他的幕客。也因此，生活总算才有了一个最起码的安顿。

到了顺治五年（1648），浙江一带稍微安定下来。而不久，李渔就移家到杭州，卜居在风光明媚的西子湖滨了。在杭州的日子里，他发愤为文，逐渐有了名气。各处的名流士绅，无不以结交他为平生快事。李渔一方面卖文为生，一方面也以文会友。像毛先舒、孙治、沈泽民、胡介、徐行、曹尔堪等人，都是他在杭州城十年中所认识的朋友。顺治十四年（1657），由于出版的书籍常被吴地书商翻版盗印，李渔于是举家迁到南京，以便就近交涉监视。大概从他的《与赵声伯文学书》看来，这时的李渔已经以从事著述、出版图书为业了。但因为他经常出门远游，所以家务事和印书出版的工作，大部分便都落在长女淑昭和赘婿沈因伯的身上。顺治十七年（1660）李渔五十岁，第一个男孩子将舒出世，得子的李渔，高兴得大请客一番。其后的两年里，他又连续生了将开、将荣、将华三个儿子。原本不宽裕的生活,这时自然更加拮据。从"自苦累中难着累,哪堪丁后复添丁"的诗句里,我们不难感受到李渔家累的沉重与心情的矛盾。而康熙二年(1663)的元日诗,他也如是写道:

水足砚田堪食力,门开书肆绝穿窬。
衰年但幸多豚犬,何必人人汗血驹。

似乎子女的众多,不只衍生了教育的困扰,也平添了生计的负担。而或许为了这些,李渔只有全心著书为生。同时为了阻止别人翻刻他的著作,他不但出版书籍,还干脆开起书店来。

康熙五年(1666)李渔第一次到燕京。而后又应陕西巡抚贾汉复、甘肃巡抚刘斗、提督张勇三人的招请,离京入秦。途经平阳的时候,时为河东道的老友范印心留他小住。平阳太守程先达买乔姬相赠,时李渔年已五十六,而小名雪儿的乔姬才十三岁。乔姬很有歌唱天才,李渔非常喜欢她,为她另外取名复生。刚好这一天的宴会里,伶工演奏了李渔新编的剧本《凰求凤》。那种曼妙的曲调,深深地引发了乔姬学戏的兴趣,从此她便常常自己摸索着练唱。后来李渔到了长安,巡抚贾汉复百般礼遇,待为上客。在逗留的四个月中,李渔物色了一个流浪此地的苏州老伶工,专门教乔姬唱戏。乔姬既有天分又肯学习,果然不多久便能中规中矩、引人入胜。

接着又到兰州刘斗处,大约盘桓了一个月。当地的主人送他几个小姬,其中有一个叫王再来的,尤其聪明伶俐,李渔便要她跟乔姬学戏。人手一多,愈学兴趣愈浓的乔姬,于是干脆组织了

闲情偶寄：艺术生活的结晶

一个家庭的小戏班。再来为生角，她自己扮旦色，其他各姬则分任不同的角色。就这样不断演练，居然愈演愈好，还颇建立了它的声名呢！不只每到一个地方，便在嘉宾韵友间演出助兴，就是一般比较开通的亲戚乡邻，也常被邀请观赏同乐。当时的一些戏曲名家，像方邵村、何省斋、周栎园、沈乔瞻等人，都一致对乔姬、王再来等人称赞不已。而正因为有这么一个实验性的小戏班，李渔的编剧生涯自然得到了无比的助力。他创作了许多新戏，也改编了一些当时流行的旧曲，他甚至还大胆地改变排场、推陈出新。由于长时间的调教、配合，几乎李渔的剧本早晨才脱稿，他的戏班子晚上便能粉墨登场。李渔后来在他的《闲情偶寄》中，能够建立起中国第一部完整的戏剧理论，恐怕也不能不归功于此啊！

由于家计繁重，李渔积欠了不少债务。这一趟西北之行，虽然有老朋友的鼎力相助，但清偿债务之后，转眼间便又囊空如洗。所以回来不久，他就匆匆地乘船远赴广东了。这时是康熙七年（1668）的春天，李渔已经五十八岁，而生活依然不曾安顿好。可惜南游一趟，固然使他大开眼界，增进了不少阅历，但并没有太多的收入，无补于生活的窘迫。

李渔在南京城的旧居，原在金陵闸一地。康熙八年（1669）夏天，他位于铁冶岭上那座有名的"芥子园别业"，终于兴建落成了。之所以取名为"芥子园"，乃是因为园林虽小，却颇能具丘壑山水之美，多少合于"纳须弥于芥子"的意思。李渔是一个对庭园设计、居室布置极有兴趣，也素有研究的人，这从《闲情偶寄》中"居室""器玩""种植"几个部分的意见，便可略窥端倪。"芥子园"的景观，无论是楼阁台榭、门窗联匾，乃至池苑假山、花草树木，可以说都是他观念的具体呈现。而这个地方后来便成了李渔出版图书的坊肆，用"芥子园"名义刊刻的书籍流传一时，就是到了今天，也都还很有名呢！

康熙十一年（1672）的正月，李渔又为了生活远游，带着诸姬同行，从南京坐船，溯长江而上，前往汉阳。一路上疾风苦雨，尝尽艰辛。好在所过之处，都受到了当地官宦士绅的礼遇。而李渔也往往诗词相和或是呈戏酬答，因此又结交了一些朋友。但人家的馈赠终究还是有限，要想解决自己日渐繁重的生计，总是没办法的。李渔这时"人欲手援援不得，自将家累远随身"的诗句，就颇流露了如是的蹇蹙。

而更可怜的是，李渔一生最宠爱的乔姬，自从前一年患了肺痨之后，为了不添加他的烦恼，掩盖着没让家人知道病情。勉强拖到了这年的秋天，在作客汉阳的这一段时间，终于连戏也不能唱了。虽经延医治疗，但到了冬天，乔姬还是回天乏术，一命呜呼。李渔将她的灵柩运回南京，一路上风波摇荡，而心情的凄楚却是可想而知的了。康熙十二年（1673），李渔添了第五个儿子将芬。十三年（1674）又添了一个儿子将芳。但这一年的年初，李渔另一个宠爱的姬妾王再来，在病了几个月之后，也与世长辞了，死时年才十九而已。两个爱姬的相继过世，这对逐渐步入生命晚年的李渔来说，当然是一个非常沉重的打击。

康熙十四年（1675），长子将舒十五岁、次子将开十四岁，李渔送他们到严陵应童子试。当时所作的《严陵纪事诗》八首，其中第七首云：

未能免俗辍耕锄，身隐重教子读书。
山水有灵应笑我，老来颜面厚于初。

闲情偶寄：艺术生活的结晶

李渔在明朝时曾参加过科举考试，积极地寻求着他的功名途程。但改朝换代之后，虽然为了衣食温饱，不得不到处托钵打抽丰、周旋于达官贵人之间，却一直不曾再应试求官。到了晚年，回想一生的坎坷困窘，为儿孙打算，仍然只有当官一途，于是便厚皮老脸地带着两个儿子出来应试。这种矛盾的心理，多少反映了他当时的境况。

康熙十五年（1676），李渔得到浙中当道友人的帮助，就在杭州买山，从夏天开始一直忙到冬天，择地建屋，经营布置，新家才算粗具规模。来年正月，李渔便全家由南京搬到杭州西湖的新居"层园"了。这时李渔已经六十七岁，照说他以卖文为生，收入本来就很不错。而二十年来奔走四方、出入权宦士绅之家，所获的馈赠也自不少，生活应该相当宽裕才对。但因为家里人口众多，妻妾、儿子、女儿、女婿、孙子，加上佣仆、丫鬟、一个小戏班，以及书店的伙计，总共多达四十人。平日支出既多，而李渔对生活又极为讲究，开销自然更大了。所以李渔似乎后半辈子总是与债务为伍，左支右绌得窘迫不已。就连这次举家迁居，为了筹措舟车旅费，同时偿还旧欠，不但将南京的"芥子园"出让，甚至把平生著作的刻板以及家中的衣服首饰，统统变卖出售，才得以如愿。

不幸的是，由于操劳过度，到杭州没几天，李渔就病倒了。接着因为下楼失足，摔伤了筋骨，几乎寸步难行。好不容易挨到了仲夏，病情稍微减轻，又因送儿子到婺州考试而中暑，下痢病疟，严重得不得了。这次病从仲春到季秋，总共八个月，总算才恢复了健康。但病好之后，为了经济上的需要，不得不和女婿因伯去了一趟吴兴，接受太守胡瑾的邀请和帮助。另外对李渔造成相当打击的一件事,也赶巧似的发生在这不幸的一年,那就是结缡四十多年的妻子徐氏过世。康熙十七年(1678)原先还有数椽房屋未完工的层园,这时修建起来了。占地甚广的层园,曲径幽深,由麓至顶,大约有几十级之高,湖光山色,美不胜收。李渔曾经自己题了一副对联:"尽收城郭归檐下,全贮湖山在目中。"足见它的巍峨景观了。不过,一生的劫难漂泊、人世的悲欢离合,都成了晚年隐居西湖的无限思量,李渔就这样悄悄地走完了他的生命旅程。至于他的卒年,依据孙楷第的考证,不是康熙十九年(1680)就是十八年(1679)的残冬,享年七十或六十九。

李渔的一生刚好是明亡清兴的一个转换时代,这样的时代原本就是一种矛盾的历程,几乎所有的知识分子在面对它的时候,都难免会有难以抉择的彷徨。当然,李渔所选择的方向、所走的路程,以今天来看,可以说褒贬相参、殊难定论。但有一点绝对能肯定,他创作的热忱、著书立说的执着,永远也不能抹杀。在《闲情偶寄》中,李渔自己说道:

予生无他癖,惟好著书,忧藉以消,怒藉以释,牢骚不平之气藉以铲除。

一个人执笔在手,而牢骚愁怨浑然皆忘,也可以不愧为读书人了。在这种专注的精神之下,李渔的作品数量自然不少。再加上后来从事出版事业,又编了一些书籍,为数更为可观了。以下分两大项列出李渔编著的作品,以供参考:

一、创作部分

《十种曲》（十部传奇原是随编随刊的单行本，康熙间合刊，而后多次重印）

《一家言》（文集和诗集，雍正间芥子园主人将康熙时的初集和二集合编刊行）

《耐歌词》四卷（词集和窥词管见，康熙间刊行）

《笠翁增定论古》四卷（史论，康熙时刊行）

《闲情偶寄》（康熙时刊行）

《一家言》《耐歌词》《笠翁论古》《闲情偶寄》四部，雍正间芥子园主人合刊为一书，题名为《一家言全集》。

《十二楼》（小说集，又名《觉世名言》，康熙间刊行）

《无声戏》（小说集，又名《连城璧》）

以上所列各书，1968年德国人马汉茂（Helmut Martin）旅居台湾时合辑影印，题目《李渔全集》，共十五册。

《龆龄集》（收早年诗作，崇祯间刻，已佚）

二、编选部分

《古今尺牍大全》（康熙时刻本，书不多见）

《尺牍初徵》[顺治十年（1653）以前选辑，书未见]

《尺牍二徵》（书未见）

《名词选胜》（书未见）

《资治新书》（初集十四卷，明人案牍。二集二十卷，清人吏牍。康熙间刊行）

《四六初徵》二十卷（康熙间刊行）

《新四六初徵》二十卷（康熙间刊行）

《笠翁诗韵》五卷（康熙间刊行，书不多见）

《笠翁词韵》四卷（书不多见）

《纲鉴会纂》（书未见）

《明诗类苑》（书未见）

《列朝文选》（书未见）

《古今史略》（四库总目禁书目中列李渔著，书未见）

《千古奇闻》十二集（存康熙间刊时序文）

总之，从以上的生平事迹与著作选编看来，李渔确实是一个多才多艺的文人。问题生在改朝换代的尴尬时段里，选择仕宦的道路，既是心所不愿，而也时不我予；隐居躬耕、不涉世事，又难谋温饱，所以李渔便以著书卖文为生。但是文名大噪之后，与权贵名流的酬酢往来，自然就难以避免；为了生活的安定饱足，他也似乎无法拒绝这一切。他作诗填词、谱曲编剧，还为人题像写序，甚至选姬教唱、到处遨游献技，过的是十足清客式的生活。就因为如此，当时一些守旧的人便难免有所非议，像袁于令即刻薄地批评道：

李渔性齷齪，善逢迎，游缙绅间，喜作词曲小说，极淫亵。

常挟小妓三四人，子弟过游，便隔帘度曲，或使之捧觞行酒，并纵谈房中术，诱赚重价。其行甚秽，真士林所不齿也。予曾一过，后遂避之。

其实李渔的行为，也并非全然完美，但像这样的批评，无论如何却是太过火了。因为李渔本是一位个性跳脱不羁的才艺之士，道学的框架，又怎能强加于他的身上呢？更何况编剧导戏乃是李渔一生最大的兴趣。以家伎搬演自编的新剧，供人欣赏，对他来说，无非是一种自娱娱人的生活情趣罢了，硬要拿色情来栽赃，未免冤枉。今天，或许观念改变了，或许道德的尺度也放宽了，当我们不再以有色的眼光来衡量李渔，乃能看到另一个值得赞赏的他，不论在戏剧理论的建立或是在日常生活的品位，我们都必须承认他的成就与价值。

中篇

笠翁的戏剧理论

中篇　笠翁的戏剧理论

戏剧是一种表演于舞台上的综合艺术。当然，为了烘托气氛以增加吸引人的力量，音乐歌舞便成了其中的要素。而戏剧的演出，基本上可以说是人生的缩影，无论是生活的再现也好，想象也好，身体动作与语言对白都是不可或缺的。尤其重要的是，因为要把一个故事活灵活现地在舞台上表演出来，所以"述说"的方式便不再适合了；取而代之的，就只有以演员扮饰，直接代剧中人物言谈笑骂的"代言体"了。

而如果就以此作为戏剧成立的基本条件的话，早在公元前3000年左右，埃及就可能有戏剧的形式出现，不过现存的资料既少且不足信。今天有关剧场的确实资料，以及世界上最早的伟大剧本，都来自希腊。而希腊戏剧的第一个确切记录见于公元前534年，因为在这一年里，祭祀酒与丰腴之神狄奥尼索斯（Dionysus）的节庆活动，就正式加入了悲剧演出竞赛。在中国，虽然说《诗经·周颂》与《楚辞·九歌》中巫觋歌舞媚神娱鬼的情形，已经有人把它看作戏剧的萌芽了，然而接着酝酿变化出来的，如汉代的"百戏"，后赵的"参军戏"，北朝的"代面""踏摇娘""拨头"，唐代的"参军戏"，以及宋金的"杂剧""院本"等，却都不能发展成熟为真正的戏剧。我们在此引用俞大纲的一段话，它或许能为中国戏剧的迟迟不能完成，多少提供一些看法：

中国人对戏剧的观念，一向颇为含混。自汉代开始，举凡带有模仿性、娱乐性的技艺表演，一概统属于"百戏"，表现内容并不要求具有故事和特定人物。……又因中国戏剧建基于音乐和舞蹈，运用音乐、舞蹈作为手段，来表达人物的感情思想，一出戏的演出，常因之把歌与舞成分过分突出，

闲情偶寄：艺术生活的结晶

使戏剧的结构松弛下来。

——施叔青《西方人看中国戏剧》俞序

而到了元代，我们戏剧的普遍发达，乃至跻身于文学之林，却也是不争的事实了。从此杂剧、传奇以至于蔓延而为各地的戏曲，在往后的时代里，戏剧便一直是抚慰乱离苦楚或是点缀升平欢愉的民生必需品了。即使时至如今，新的外来的各种犬马声色，早已垄断了大部分的娱乐市场，传统戏剧仍余波荡漾而有着它某种程度的影响力。

且或许是民族的习性所使然吧，戏剧在远远落后的情况下，终究还是发展成熟了。然而戏剧理论的孕育诞生，却似乎更是难上加难了。所以从元代开始，虽然曾经有一些爱好戏剧的文人，陆续从事曲话剧评的写作。不过他们的论调，不是流于曲调音律的析论，便是偏于文字词采的斤斤计较，而最常见的则是记些优伶、作家的掌故资料罢了。像这种零碎片段，没有条理、系统的曲论，如何能够建立起完整的戏剧理论？同时又如何能使人对中国戏剧产生通盘的了解？

然而在这种风气习性笼罩下的中国剧坛，李渔《闲情偶寄》中有关戏剧理论方面的阐述，却不能不说是一个极为罕见的异数了。李渔诞生的时代，正是传奇戏曲因汤显祖突破格律派的樊篱、重新绽放异彩的一个阶段。一辈子听戏、编戏的经验累积，使他对于戏曲，有着深厚的涵养和超越时人的独到见解。尤其重要的是，对戏剧的全心全力投注，促使他对传统戏剧理论去进行一种全面性、系统性的深入探讨，不再如以往文人般作为闲暇时的欣赏、消遣罢了。在《闲情偶寄》一书中，作者对自己的殷殷心意，便做了相当恳切的剖白。正因为激荡不已的"一片苦心"(《演习部·授曲第三》),怜"千古词人,未穷其秘",所以作者才"以探骊觅珠之苦,入万丈深潭者,既久而后得之,以告同心"。(《词曲部·宾白第四》)而且因为担心"于此中索全人,颇不易得",乃"再费几升心血,创为成格以示人。自制曲选词,以至登场演习,无一不作功臣,庶于为人为彻之义,无少缺陷"(《演习部·教白第四》)。从这段文字看来,李渔戏剧理论的价值存在,自是不言而喻的了。我们甚至可以说,在他之前,固然没有如此圆融精熟的理论,而在他身后,尤其是古典戏剧渐趋没落的今天,这一套戏剧理论将成为研究古典戏剧者的无上瑰宝吧。

第一章 笠翁剧论的几个相关问题

一、思想渊源与时代背景

1. 前人曲话剧谈的启示

从元代开始，戏剧作品大量出现，而论评剧曲的著作也随之渐渐产生。今天所能见到的如《中原音韵》周德清之说、《辍耕录》所载乔吉之说都是。入明以后，戏剧的演变日繁，论剧之作自然也相对地多了起来。明初有涵虚子《太和正音谱》的评论，中叶以后则有徐渭的《南词叙录》、沈德符的《顾曲杂言》。而万历年间吕天成的《曲品》、王骥德的《曲律》，尤为其中出名的著作。此外，王世贞的《艺苑卮言》，也多少进行了些有关词曲方面的讨论。虽然这些曲话的性质，大都着重在曲调音律、文字词采的考求，或是文人倡优掌故资料的记载，不能提供给我们探讨戏剧的全面而有系统的资料。不过对生当其后的李渔来说，截长补短、佐证辅成，却也不无启迪之功。所谓"前修未密，后出转精"，大概就是这个道理吧！譬如《曲品》一书便指出了创作传奇的十个要领：第一要"事佳"，借由强烈的故事性，建立起剧本的主要骨架。第二要"悦目"，情节的安排、文辞的运用，在在都要引人入胜，充分达到娱乐的戏剧效果。第三要"搬出来好"，戏剧不同于诗歌小说，它的生命在于舞台上的实际演出。所以一个好的剧本，不只是写得好而已，它还必须博得演出后的掌声喝彩才算。第四要"按宫商、协音律"，一部典型的歌剧，音乐的和谐自是它必备的条件之一。第五要"使人易晓"，读书

· 023

闲情偶寄：艺术生活的结晶

要咀嚼再三，而后才能得其意味，所谓"好书不厌百回读"。但是舞台上的演出，却必须一气呵成，才能让观众感觉淋漓酣畅。既不许稍作停顿，更不能反复再演。如果故意回绕其事、艰涩其语，使观众如堕五里雾中，又如何收到预期的效果？第六要"词采"，尽管舞台的演出宜"使人易晓"，但词采仍须讲求。第七要"善敷衍"，也就是要善于铺排点染，使剧本不致流于枯燥沉闷。"淡处做得浓，闲处做得热闹"，正多少点出了"敷衍"的技巧。第八要"各角色派得匀妥"，既顾虑及角色体力、精神状况对戏剧演出效果的影响，同时也注意到角色匀妥搭配所收的"牡丹绿叶"之效。第九要"脱套"，戏剧要引人闻见、动人心神，自然得具备活泼新巧的魅力，否则拾人牙慧、陈腔滥调，岂不令人白日欲卧。第十要"合世情、关风化"，戏剧固然要以新巧引人注目，但"人生如戏剧，或君臣，或父子，或夫妇，或朋友，仔细看来，无非生丑净旦。戏剧似人生，有贵贱，有荣辱，有喜怒，有哀乐，曲折演出，不外离合悲欢"（罗锦堂语）。戏剧既不外人情，而人情恒常，所以也不宜过分荒诞不经，更不应乖谬违俗以哗众取宠。以上十点或许不尽周至也不够详密深入，但以之讨论传奇，我们无论如何却不能说它有太大的偏差。以此类推，在其他剧谈曲话里，只要稍作披沙拣金，也往往有着一些精辟的见解。今天，我们试翻开笠翁戏剧论来看，翔实精深是毋庸赘言的。而如果要说它自出机杼、一空依傍，因之抹杀前人曲话启迪前导的价值，则就未免太过武断了。更何况笠翁在叙述其戏剧论的写作，也如是说道："并前人已传之书，亦为取长弃短，别出瑕瑜，使人知所从违，而不为诵读所误。"（《词曲部·结构第一》）可说即公开而明确地承认前人曲话剧谈的必然影响。

2. 公安文学的影响

有明一代的文学，自前后七子李梦阳、何景明、李攀龙、王世贞等人提倡复古、模拟之说以后，文坛上便充斥着陈陈相因、遗神取形的怪现象。积日渐久，遂致当时文学作品的空洞无物、百病丛生。在这种情况下，有识之士自然要痛心疾首地群起攻之了。其中尤其以李卓吾一脉传下的公安派反对最力、立论也最坚强。这一派以袁宗道、袁宏道、袁中道三兄弟为首，他们反对复古，主张文学乃是进化之物。所以袁宗道在他的《论文（上）》，就相当讽刺地指出：时代既有前后之分，语言难道就没有古今之异吗？今人所罕见而奉若至宝的"奇字奥句"，又如何知道不是古人稀松平常的"街谈巷语"呢？果如是，则模拟又有何意义？这也无怪袁宏道的《小修集序》一文，要认为"代有升降，而法不相沿"了。或许我们更应该进一步地说，每一个时代的文学之"所以可贵"，正在于它们"各极其变，各穷其趣"呢！而基于这样的认识，公安派的作家除了极力攻击当时文人"以剿袭为复古"的毛病，也公开树起了"独抒性灵，不拘格套"的文学旗帜。袁宏道《答李元善》一文便如是说道：

> 文章新奇，无定格式，只要发人所不能发，句法、字法、调法，一一从自己胸中流出，此真新奇也。

对戏剧直接对答的"代言"方式，以及舞台演出所要求的立即效果而言，公安派"语有古今""不拘格套""新奇"的各种主张，无疑是有相当共鸣和刺激作用的。而最为重要的是，公安派打破传统不合理的观念、重视小说戏曲价值的大胆论调，更给予后世

戏剧工作者有力的支持与肯定。大概这样的主张,从李卓吾的《童心说》便已肇发其端了:

> 无时不文,无人不文,无一样创制体格文字而非文者。诗何必古选?文何必先秦?降而为六朝,变而为近体,又变而为传奇,变而为院本,为杂剧,为《西厢曲》,为《水浒传》,为今之举子业,皆古今至文,不可得而时势先后论也。

到了袁宏道,前人以为诲淫诲盗的《金瓶梅》《水浒传》,他视为逸典,与六经、《离骚》《史记》诸书并列书架。他甚至大胆断言,当时民间流行的《打竹竿》《挂枝儿》一类的歌谣,比起那些拟古的才子之作,更有理由流传于后世。而凡此种种创新独特的意见,都随着公安派的流行风靡一时。清初金圣叹以狂怪出名,他在论《西厢记》时,以之次于《庄子》《离骚》《史记》《杜诗》《水浒传》,而推为第六才子书,当时无不视为惊人之语。其实就公安派一贯的立论来看,圣叹之说也不过是推波助澜的余事罢了。笠翁以小说、戏剧为他一生的职志,更将经验所得创为奇作。戏剧论中的观念,往往多承公安而下。这是我们考察时代背景之后,再去分析他的戏剧理论所必能深信不疑的。

3. 时文习气的牢笼与评点文风的潜移

自明洪武三年(1370)设科取士,以"四书五经"命题试士以后,八股的局面便正式确定了。所谓"八股",根据《明史·选举志》的记载,即应试的文字有它固定的格式,分破题、承题、起讲、提比、虚比、中比、后比、大结八小段,"体用排偶",且须"代古人语气为之"。这样的文章,既不准有个人的意见语句,而格式段落,又有固定的模型可套,自然毫无个性、精神可言了。顾炎武因此就曾经指出八股的祸害,认为扼杀读书人的思想、情性,简直要比焚书还来得厉害。但是八股文虽只作为应试之用,一般文人在功名的饵诱之下,自幼孜矻勤习,不知不觉地便连古文诗歌乃至戏剧的创作,也都沾染了它的影响。笠翁戏剧论中,即往往举八股与戏剧并论。如《词曲部·音律第三》,便以"先破后承,始开终结,内分八股,股股相对"的绳墨谨严,来作为填词制曲困难的比衬说明。而且八股文的格式虽然千篇一律,其中却也规律俨然、开合甚紧。所以笠翁在论及戏剧的结构时,更经常借时文(八股)为喻,《词曲部·格局第六》有如下一段话:

予谓词曲中开场一折,即古文之冒头、时文之破题。务使开门见山,不当借帽覆顶。即将本传中立言大意,包括成文,与后所说家门一词,相为表里。前是暗说、后是明说。暗说似破题,明说似承题。如此立格,始为有根有据之文。

戏剧的编写,不唯应该"开门见山",引人注目,更能衔接紧密,使人流连忘返。所以笠翁认为"才人举笔"须如八股文的写定一般,"开卷之初,能将试官眼睛一把拿住,不放转移,始为必售之技"。又如重要角色出场,虽未规定在第一、二出,但总不能晚于四、五出之后,这其实就是八股"扣题"的技巧,如此才不至于枝节太多而使结构松散乏力。至如论戏剧的收场,亦复以时文作比,读之令人击节称赏:

闲情偶寄：艺术生活的结晶

场中作文，有倒骗主司入彀之法。开卷之初，当以奇句夺目，使之一见而惊，不敢弃去，此一法也。终篇之际，当以媚语摄魂，使之执卷留连，若难遽别，此一法也。收场一出，即勾魂摄魄之具，使人看过数日，而犹觉声音在耳、情形在目者，全亏此出撒娇，作"临去秋波那一转"也。

从以上的例子看来，笠翁剧论受时文的影响，不可谓不深了。大概整个时代风气趋向如此，所以笠翁虽在乡试落第后，就废举业不顾，然而时文的印象，却仍然成为他观念中牢不可破的一部分了。另外，明末清初之际，批评圈点诗文优劣的"评点"之风异常流行，如孙月峰《评经》即是一个典型的事例。这一类文人当然难免主观臆测的毛病，不过他们点示主题、剖析章法，却也往往深中肯綮、一针见血。笠翁论戏剧结构，每每以"立主脑""密针线""减头绪"等目名，再三申论。我们怀疑笠翁虽然未必直接承袭他们的说法，但是在流风所及之下，恐怕也不免暗合其意而不自知呢？

4. 传奇演进的趋势

宋、元时的南戏，是明代传奇的前身。由文字质朴、形式不够严整的宋、元时代的南戏，渐渐进步而为优美完整的长篇巨制的明代传奇，其间经过了一个相当长的时期。虽然今天并没有足够的资料来明白显示这一长期演变的详细历程，不过当元代中末期，杂剧逐渐南移的时候，南戏在面对冲击之下，寻求改进革新，乃是我们所不难推知的。等到元末明初，南戏的代表作品《琵琶记》《拜月亭》等应运而生，也就走到了前人所谓的"传奇时代"

中篇　笠翁的戏剧理论

了。这时代的作品，虽然长期地演变改进，却仍不失它们的本色天然。只是流行久了，偏就有多事的文人，引为不足，非要咬文嚼字，借此来卖弄他们的才学。邵灿的《香囊记》就是一本首开歪风的传奇。徐渭《南词叙录》指他以《诗经》《杜诗》二书语句勾入曲中，又好用典故、作对子，甚至连对白也是文绉绉的，可说是"最为害事"了。在它的影响下，王济、王世贞、张凤翼、梁辰鱼、屠隆这些传奇作家，无不竞尚辞藻。使得原本该是贩夫走卒都能懂得的通俗戏剧，却因一味摹拟承袭、日趋骈俪，而离开民众日益遥远了。针对剧坛这种畸形发展的现象，先是有沈璟以《本色论》力加挽救。只不过因为才情未足，虽骈俪辞赋的习气，稍稍敛迹，却因过度讲求韵律、宫调、唱法，又与其后的卜世臣、吕天成等人，演成"吴江派"格律一途。而汤显祖则以他的创作才情，不拘泥于格律，为"临川派"首开先河。在他的《答孙俟居书》《与宜伶罗章二书》中，便充分表现了不妥协的勇气和反格律的精神。他不能因为要便于俗唱，就允许人家增减一二字；甚至宁可拗折天下人嗓子，也不愿损害他作品的个性。笠翁论剧，虽然也对音律方面多所阐扬，不过基本上，却极力主张"贵显浅""忌填塞""脱窠臼"，而书中于汤显祖的剧作，又往往三致欣羡之意。则他思想观念的由来，也就可以想见了。此外，值得注意的是，笠翁之生，正当汤显祖"临川四梦"、吴石渠"粲花五种"之后，可说是传奇的全盛时期。不过这乃是就传奇本身而论，若以它们实际演出的效果来说，恐怕就又有相当的问题了。因为戏剧的生命，决定于舞台之上。往往一时不见谅于听众，便决定了剧本无以流传于未来的命运。而一旦登场演出，希望能遍悦座客，事实上又有所困难。王骥德《曲律》一书的《杂论》中，

·029·

便不得不承认这种现象存在的普遍性，那就是戏剧能否流行，实在是有它的原因的。一般庸下的演员，遇到了文人典雅华丽的剧本，不要说不容易看懂了，就算勉强推敲得差不多了，也是很难朗朗上口。反倒是那些村俗剧本，识见既与他们相接近，而鄙俚的曲子，也较易于心领神会，所以都一窝蜂地去搬演了。由此看来，"过施文采以供案头之积"，恐怕也不是办法呢！我们只要回顾一下传奇演变的历程，以及它所获致的实际效果，那么，笠翁剧论中反对形式、力求新奇，而又以观众为衡，不主艰深的论调，事实上也就无足为奇了。

二、写作的动机与态度

　　笠翁虽是一个多才多艺的文人，但不幸生在国破家亡的明季，年轻时既无从施展他的才情抱负，而绝意仕进以后，又因战乱凶灾、衣食迫人，不能一偿隐居田园的心愿。一辈子奔波浮沉的辛酸，为他换来了妇孺皆晓的虚名，却不能让他的心灵有个真正落实的安顿。所幸戏剧方面的喜好，总算不断地提升着他的精神生命。在《词曲部·宾白第四》里，他如是自白道：我生于忧患的时代，而又长期处在穷愁落魄的境遇，可以说从幼到长、从长到老，总没有片刻舒眉展靥过。唯独当沉溺于戏剧的创作时，不但郁闷全消、怨慰尽解，而且随着剧中人物的身份，遍尝人世的风光。久而久之以后，觉得现实的富贵荣华，它的受用也不过如此罢了，哪里及得上戏剧里驰骋幻化、但凭方寸的乐趣呢？从这样的叙述中，笠翁对戏剧的醉心、沉潜，也就不难窥知了。而积数十年编写、搬演的经验，他的戏剧论之独具只眼，更是不容置疑的。今细读其论，并进而分析他写作的动机，大概可得到如下的几点。

1. 感慨制曲之道的脱略不明

笠翁在《词曲部·结构第一》之中，先是肯定了戏剧的价值，认为"乃与史传诗文，同源而异派者也"。但接着他也指出了一个令人气馁的事实，那就是戏剧之道，虽然有前人的剧本，提供阅读揣摩的需要，但真正要从事编写的工作时，却根本找不到任何说明理论或指引方法的书籍。所谓"暗室无灯，有眼皆同瞽目"，或是半途而废或是差毫厘而谬千里，无怪乎杰出的剧作家少如凤毛麟角了。大凡天地之间，有一种文学，就必然有一种文学的法脉准绳，载之于书，以供参考借鉴。唯独在戏剧方面，"非但略而未详，亦且置之不道"。笠翁对此扼杀剧作的怪异现象做了进一步的分析，而后提出三点可能的解释：

其一是戏剧的理论甚难，"非可言传，止堪意会"。因为当一个作者全神投注于剧本的编写时，可以说是神魂飞越、恍恍惚惚如在梦中般，不到全剧完成，不能返魂收魄。而谈真尚或容易，要说梦则恐怕是难上加难了。所以大部分的作者之于编剧，往往是"知其然而不知其所以然"，所谓"非不欲传，不能传也"，症结即在于此。

其二是戏剧之理变幻无常，拘执定论，则不免如胶柱鼓瑟，窒碍不通。在戏剧的编写中，很少能找出确切不移的准则。譬如说，生、旦的对白唱词，应该是以庄雅为贵；至于净、丑，则宜带诙谐，这原是编剧的常理。但如果遇上了剧中人是风流佻达的生、旦，庄雅的作风反倒不适合了。同样地,以诙谐来衬饰迂腐不情的净、丑,岂不也要显得不伦不类了吗?

其三是剧作家深造有得之后,往往挟技自重,秘不示人。因为自来名士,以诗赋见重于世的,十居其九,而能凭戏曲相传的,却是少之又少。在他们看来,此法既然无人授我,那我岂肯独传于人?且一经公开,则家家制曲、户户编剧,自己岂不是迟早要相形失色了吗?更何况专家一多,口舌自杂,又何必跟自己的剧作过不去呢?

尽管剧坛上确实充斥着这种种似是而非的说辞,笠翁却不以为然。首先,他认为戏剧精深玄奥的地方,或许一时之间真的难以言宣,但戏剧基本的、粗略的法则,无论如何是应该可以建立的。其次,任何法理的变幻无常,原属预料之中,所谓"运用之妙,存乎一心",就是这个道理。墨守成规,不要说是戏剧的创作,即使诗歌、小说,乃至最刻板的八股文,也是行不通的。最后,存在最普遍,为害也最深远,笠翁于此深有感慨,他说:"文章者,天下之公器,非我之所能私;是非者,千古之定评,岂人之所能倒?"我们可以说,正因为要挽救世俗谬见所造成的剧坛颓运,笠翁"遂不觉以生平底里,和盘托出"。

2. 挽救当时剧坛的弊端

笠翁为一著名的戏剧专家,在大半辈子编写、演戏的生涯里,透过不断的尝试与体验,他建立了个人对戏剧的认识与理论基础。所以对于当代戏剧与作家的缺失,笠翁无不洞识透彻。我们可以说,戏剧论的写作,正是他志在揭示当时之弊的具体显现。

在《词曲部·结构第一》中,笠翁揭橥了"脱窠臼"的观念。

而在这种标准的悬衡之下,当时的"新剧",实在称不上"新"剧,只能说是"老僧碎补之衲衣、医士合成之汤药"罢了。因为它们都是拿着旧有的剧本,东抄一句、西凑一段,就这样勉强地凑合凑合,便又成了一本所谓的"传奇"了。事实上,除了剧中人物的名姓,因不再套袭,还有那么一丁点新鲜的感觉外,其他的情节、内容,乃至对白、唱词,可都早已耳熟能详了。古语说"千金之裘,非一狐之腋",我们如果戏谑地拿来作为时人"新剧"的评语,倒还真觉贴切呢!而所可怪的,像内容、词句这种不宜陈陈相因的东西,剧作家往往一再套用,还乐此不疲。反倒是剧本共通的形式、架构,原本不该轻易变动的,他们偏又胆大妄为,务求改之而后快。笠翁在《词曲部·格局第六》中,即指出:"文字之新奇,在中藏,不在外貌;在精液,不在渣滓。"而"近日传奇,一味趋新。无论可变者变,即断断当仍者,亦加改窜,以示新奇"。

其他如《词曲部·宾白第四》之中,讨论"字分南北",笠翁也指出了"时人传奇,多有混用"的毛病。至于《演习部·脱套第五》,则历数衣冠、声音、语言、科诨的各种恶习,更是切中当世之弊。而从笠翁"扫除恶习,拔去眼钉,亦高人造福之一事"的说明,我们正可窥知他剧论述作的动机。

3. 提供剧作家参考的具体矩度

在笠翁之前,专门讨论戏剧理论与创作的书籍可说是少之又少,而当时剧坛上,又充斥着种种偏差的现象与观念。因之一般的剧作家,不是人云亦云地将错就错,便只有满腹疑团,不知如何措手足了。笠翁所以呕尽心血,从事这方面披荆斩棘的工作,一方面当然是对过去的戏剧成绩,尝试着去做个大致的检讨,而更重要的恐怕是借由理论的建立，来作为剧作家编写时矩度方法的指引。

在《词曲部·音律第三》中，笠翁谈及"拗句难好"的问题。由于平仄韵律的层层束缚，剧中字句往往会有佶屈聱牙的现象发生。而在这种情况下，笠翁认为作者如果"自造新言"，则音意两皆晦涩，不如"引用成语"，因为"成语在人口头，即稍更数字、略变声音，念来亦觉顺口"。譬如"柴米油盐酱醋茶，口头语也，试变为油盐柴米酱醋茶，或再变为酱醋油盐柴米茶"，这样既可配合剧中唱曲的格律，而又"未有不明其义、不解其声者"。笠翁从数十部传奇的编撰过程中，深刻体会到这一"方便法门"，所谓"三折肱为良医"，因此"尽倾肝膈"，便是希望后来的剧作家能省掉一番摸索的工夫。而在论"合韵易重"时，笠翁提到了传奇中同一曲牌连续歌唱的情形。场上角色各唱一次，而后全部合唱一次，如此每人负担不重，又显出舞台上的热闹气氛。不过所必得注意的是，合唱的一曲，首先应避免杂凑前面各人所唱曲而形成的重韵现象；其次还要考虑到一点，那就是既属合唱，则唱曲的内容必须贴切参与合唱角色的共同感情。笠翁在书中，不惮其烦地讨论此一问题，最主要的乃是因为，"此等关窍，若不经人道破，则填词之家，既顾阴阳平仄又调角徵宫商，心绪万端，岂能复筹及此？"

另外《词曲部·格局第六》里，笠翁提到了剧本最前面一段简述该剧大要的"家门"。他认为"家门"的字数虽然不多，但除非结构已定又胸有成竹，否则便很难事先措手。最好的方式莫若暂不写定，等到全剧完成，衡量前后再作补足。这就好像雕塑佛像的人都不先"开光"点睛一样，他们并不是故作神秘，也绝非有意延误。只不过等到全像雕成之后，他们才能配合雕像姿势的或左或右，或俯或仰，点出最正确而传神的眼睛。笠翁以本身的创作经验，毫不保留地公开了这种"词家讨便宜法"，乃为了"使后来作者，未经捉笔，先省一番无益之劳。知笠翁为此道功臣，凡其所言，皆真切可行之事，非大言欺世者比也"。

除了上述的例子，笠翁在《闲情偶寄》全书中，还有多次直接提及开诚布公、方便后学的殷殷心意。而其实就是不刻意提起，我们也应该同样可以了解。因为究竟对一个执着狂热的戏剧工作者来说，在创作、演出之余，又费尽心血，将自己对戏剧的认识与经验和盘托出，不是为了"示后人以法"，使戏剧的命脉延续下去，又是为了什么呢？

三、笠翁剧论中的基本观点

1. 肯定戏剧的价值

由于风气好尚的随时趋演、体裁内容的与日变革，所以一代有一代的文学，乃是文学史上颠扑不破的真理。元曲上承词体的衰微，异军突起，凭着孕育自民间的鲜活生命力与广阔涵盖性，遂蔚为元代文学的表征。以今天来说，这当然已是一个众所公认的事实。不过我们必须了解一点，那就是戏剧价值的肯定，并非自来偶然，而是随着文学观念的改变逐渐扭转形成的。我们只要稍做一下历史的检视，便不难看到在传统文人褊狭的眼光下，戏剧是怎样被扭曲变形的。譬如说纪昀所负责编纂的《四库全书》，

闲情偶寄：艺术生活的结晶

可说就是一部中国学术集大成的丛书，但在它的提要里，词曲（尤其是戏剧）却没有获得应有的肯定。纪氏认为词、曲这两种文体，只能勉强列在文章和技艺之间，品位卑下，一般作者也就不加重视了。而在这种观念下，王圻的《续文献通考》，居然将《西厢记》《琵琶记》都列入"经籍类"之中，纪氏自然要大加批评，以为"不可训"了。传统文坛就因为充斥着这类根深蒂固的成见，所以戏剧尽管也曾经风行一时，却始终妾身未明，不能获致普遍的肯定与接纳。也正因为如此，在戏剧成长的过程中，少数能认清戏剧价值的文人学者，他们超乎流俗的见识与勇气，就格外值得珍惜、尊重了。事实上，元代的罗宗信在序《中原音韵》这一本书的时候，便已经大胆地指出："世之共称唐诗、宋词、大元乐府，诚哉。"其后明代息机子《古今杂剧选序》、臧晋叔《元曲选序》等，也都具体地称述元代戏剧的价值，认为可与唐诗、宋词等列齐观。而到了李渔，由于公安文学的余波荡漾，更由于本身对戏剧的热爱与长期创作的体会，他的《闲情偶寄》一书，可以说就是他肯定戏剧价值的有力说明。

笠翁戏剧论的可贵处，在于他能以宏大的胸襟，肯定各种文体的平等地位。在《词曲部·结构第一》里，他开宗明义地揭橥了这种理性而开明的认识。因为在笠翁的观念中，技巧并无所谓大小的分野，贵在能精；而才气尽管有着高低的区别，最重要的仍决定于能否善用。只要技巧能精又能善用个人的才气，则诚如古人所说的"尺有所短，寸有所长"，从事任何文学创作，都是一样可以成名的。而且从另一种角度来看，他也坚信戏剧的本质和其他文体是没有太大差异的。在《词曲部·结构第一》中，他进一步讨论了"戒荒唐"的课题，凡是反映人情物理的著作，才有"千古相传"的可能。而如果一味以荒唐怪异来引人注目,则恐怕要"当日即朽"了。这种道理,"无论词曲,古今文字皆然"。所以他说:"五经四书、左国史汉,以及唐宋诸大家,何一不说人情?何一不关物理?"从这样的论调,我们正可以看出笠翁既不本位尊大也不妄自菲薄,将戏剧与各种文体平等对待。

　　而正因为有着这种平等对待的心态,笠翁才能不顾流俗地全力投入戏剧的创作,进而充分领受它的乐趣。在《词曲部·宾白第四》"语求肖似"条里,他指出天地间的种种文体,文字最豪宕、最风雅,而创作时又最意兴浓厚、健人脾胃的,莫过于戏剧了。事实上,人生兴味的享受,也确实没有真境的为所欲为,能超出幻境纵横驰骋之上的。因为在戏剧的想象世界里,我想做官,则顷刻之间,便已置身荣华富贵。我想脱身宦海,则转盼之际,又已归隐于田野山林。我想做人间才子,即为杜甫、李白的化身。我想娶绝代佳人,则王嫱、西施便成我的配偶。我想成仙做佛,而西天、蓬岛即在眼前。笠翁在他的创作生命中,真正感受到如此奔腾幻化、不受拘束的乐趣。这种乐趣,恐怕就是帝王的赫赫威权也未必能比得上,无怪笠翁要说"较之南面百城,洵有过焉者"了。

　　除了平等对待戏剧与他种文体,同时在全心全力的投注中,领受戏剧的真正乐趣。更重要的是,笠翁确实认识了戏剧的价值,在不断变改的文学领域里,他不遗余力地为戏剧争得了一席位置。《词曲部·结构第一》中的一大段话,可说正代表着笠翁的真知灼见。他认为高则诚、王实甫诸人固然是元代的名士,但除了戏剧的创作,却也不曾有什么别的特殊表现。如果不是因为他们编撰出了脍炙人口的《琵琶记》和《西厢记》,那么沿至今日,又

闲情偶寄：艺术生活的结晶

有谁会知道这两个人的姓名呢？而这样看来，高则诚、王实甫的传名不朽，实在是因《琵琶记》《西厢记》而来啊！同样，我们如果再进一步推论，便会发现甚至元代之所以为学士文人所耳熟能详，也大多是拜戏剧所赐！我们都知道一代有一代的文学，所谓"汉史、唐诗、宋词、元曲"，乃是世人常用的口头语。不过《史记》《汉书》，千古不磨，这当然是没话可说的了。至于唐代则诗人济济，宋代则文士跄跄，各放异彩、竞艳文苑，与汉代鼎足而三，自也有它的道理。而元代不仅在政刑礼乐方面多无可宗之处，即连语言文字、图书著作这类微细的事也并不普遍。假使不是因为当时崇尚戏剧，而有《琵琶记》《西厢记》以及《元人百种曲》这些书传于后代，那么当日的元，恐怕也会与五代、金、辽一样地销声匿迹、不为人所熟知了。

今天，当我们重新翻阅王国维《宋元戏曲史》一书的论见：

> 元剧自文章上言之，优足以当一代之文学。又以其自然故，故能写当时政治及社会之情状，足以供史家论世之资者不少。

或者是展视贺昌群在他《元曲概论》一书中的看法：

> 元代文学的中心，厥惟元杂剧是代表三千余年来中国文学史上一代的文学：它具有丰富的时代精神，自成段落，前无古人，后无来者。至于其作家之盛、作品之多，最能发泄民众的精神，描写社会状况的，也是元代这种杂剧。

我们早已确认戏剧的独立价值,也深信文学史家笔下"唐诗、宋词、元曲"的立论。不过如果将时间倒推三百年,在那种诗文正统掩盖一切的时代,李渔对戏剧价值的深刻体认与真正肯定,让我们不得不发出由衷的敬佩。

2. 辨析戏剧的性质

每种文体都各有它不同的表达方式,自然也就各有它不同的性质、风貌了。如果抓住一成不变的共同标准,来衡量各具特色的不同文体,那就未免失之于胶柱鼓瑟了。曹丕《典论·论文》中曾经提道:"夫文本同而末异,盖奏议宜雅,书论宜理,铭诔尚实,诗赋欲丽。"事实上,正充分显现出对文体特质的体认。而如果说《典论·论文》就已经具备了如此的文学观念,那么当文体的演化,扩大为诗歌、文章、小说、戏剧的明显歧异时,却仍执着于"一以贯之"的不变理论,岂不是开了文学的倒车吗?

戏剧是透过语言、动作的运用,来表演一段故事的。它的重点在于"表演",所以有别于诗、文、小说借由语言而进行的"抒发"或"叙述"。传统文人由于不重视戏曲,更谈不上了解戏曲,往往以经营诗文的方式,来作为审视乃至于创作戏曲的标雅,其结果是导致文学观念的分歧退化,更使得戏曲的真正生命萎缩迟滞。

在这种混淆的氛围里,李渔一方面以他的创作来验证自己对戏剧生命的诠释,同时更透过戏剧理论的建立,来推演个人对戏剧性质的体认。"填词之设,专为登场",可说是一语道破戏剧的本质。因为就"表演"这一特定性质来说,剧本的价值必须在搬上舞台后,才能加以肯定。既属舞台表演,那么它的对象,自

· *039*

闲情偶寄：艺术生活的结晶

然要比其他文体宽广多了。在《词曲部·词采第二》"忌填塞"条里，笠翁如是说道：

> 传奇不比文章，文章做与读书人看，故不怪其深。戏文做与读书人与不读书人同看，又与不读书之妇人小儿同看，故贵浅不贵深。

对象已是三教九流、无所不包，而演出方式又是即席动作言语，不能稍有停歇，戏剧文辞之趋于浅白，乃成一不可避免的必然了。"贵显浅"这一条目的揭举，正充分说明了笠翁正确的体认。他以为戏剧的词采与诗文的词采，不但要有所区别，甚至应该要断然相反。因为诗文的词采"贵典雅而贱粗俗，宜蕴藉而忌分明"；至于戏剧，"话则本之街谈巷议，事则取其直说明言"。所以大凡一个剧本，如果让人读来费解，或者读一遍不见其佳，非得深思再读之后，才能领略它的奥妙，便不能算是真正当行的好剧本。

而正因为有了如此深刻的体认，笠翁也注意到了宾白的掌握。《词曲部·宾白第四》"词别繁减"条里，对此有相当精辟的论析。他一方面指出其他剧作家的毛病，乃在只顾挥毫直书，却未曾稍作"设身处地"，既"以口代优人，复以耳当听者"，身兼演员、观众二者，以揣摩他们的感情与反应，去衡量笔下台词的"好说不好说，中听不中听"。像这样写出的剧本，尽管台词读起来，或许极其透彻流利，但是一到了舞台上演出，往往却是愈听愈糊涂。所以笠翁叙述自己编剧时，"手则握笔，口却登场，全以身代梨园，复以神魂四绕，考其关目，试其声音"，非真正了解戏剧搬演特质，而又全心融入戏剧的搬演情况，而后"好则直书，否则搁笔",又如何能"观听咸宜"呢?

除了文辞宾白,笠翁还重视"插科打诨"的现场效果。当然,诙谐逗笑的言谈动作,或许不登大雅之堂,而为正统文人所不齿。但是就戏剧演出而言,它却有烘托气氛、提振精神的作用。因为戏剧的演出,既要雅俗同欢、智愚共赏,如果没有这类"插科打诨"的穿插贯串、引人入胜,尽管文字再妙、情节再好,不要说俗人怕看,就是雅人韵士观赏,恐怕也不免要呵欠连连、白日欲卧了。所以善于编写剧本的作者,必须懂得适时地加入科诨,来增加剧本的趣味,使不致因过于冷场而隔断剧情,这也就是个中老手的笠翁视之为"看戏之人参汤",而不敢等闲观之的道理了。

金圣叹是清代文坛的一个怪杰,他的独特见解来自他狂傲怪异的个性与思想。在那种正统诗文当道的时代,他就大胆地列《西厢记》为第六才子书了。不过尽管打破了传统的樊篱,而在无形中提升戏曲的地位,金圣叹对《西厢记》的击节称赏,到底仍是一种纯粹的文学诵读而已。所以笠翁在《词曲部·格局第六》中,固然称赞金圣叹之评《西厢记》,认为"可谓晰毛辨发,穷幽极微,无复有遗议于其间矣"。而站在一个从事实际戏剧编写者的立场,笠翁却也不客气地指出:"以予论文,圣叹所评,乃文人把玩之《西厢》,非优人搬弄之《西厢》也。"他甚至以为,假如金圣叹至今不死,而又能亲自编写几部剧本,由浅及深、自生而熟,恐怕就会将自己评《西厢》之书烧掉,从而"别出一番诠解"了。

以上所述,虽只是荦荦数端,然而笠翁对戏剧演出性质的深切体认,也就可以概见了。元剧往往较浅显谐俗,那是因为注意到了舞台演出的现实条件。明代的作家则为了卖弄他们的才气、学问,遂使得戏剧逐渐脱离广大的观众,而走上典雅矜持的窄路。

闲情偶寄：艺术生活的结晶

在这条戏剧观念的逆流里，笠翁无疑是具备了独排众议的慧眼与勇气了。

3. 重视戏剧的功用

"以乐侑酒"的记载，早见于先秦时代的典籍之中。而这种以音乐歌舞助兴的礼俗相沿下来，历数千年不衰。到了后来戏剧兴起，自然而然地，舞筵酒席中便又多了一项娱乐的项目。曾永义在《中国古典戏剧的特质》一文中认为，"我国古典戏剧的演出，主要是为喜庆妆点、宴会助兴和日常娱乐"，事实上是不错的。

而如果从娱乐这一角度来看，笠翁可以说是一个相当成功的剧作家了。一般人总认为"凄婉之辞易工，欢乐之辞难好"，因为悲苦的刻画更能细腻入微、感动人心，所以赚人热泪的作品，往往容易获得共鸣。但是笠翁却认为哀情感人的作品，实在有违观剧的目的。试想，花了钱去听歌看戏，结果哭哭啼啼地惹得满肚子牢骚闲愁，不是太不划算了吗？在《风筝误》这个剧本中，笠翁借由一首通俗的下场诗，明白地表达了他的看法：

传奇原为消愁设，费尽杖头歌一阕。何事将钱买哭声，反令变喜成悲咽。惟我填词不卖愁，一夫不笑是吾忧。举世尽成弥勒佛，度人秃笔始堪投。

也正因为如此，笠翁创作的《十种曲》，绝不因袭古人悲欢离合的陈迹，而自成其为一代之喜剧。且寻常作家编写喜剧，往往流为滑稽、低俗的闹剧，但是笠翁的喜剧，却是每一本有每一本幽默谐趣的气氛、每一出有每一出回环跌宕的情节，令人看了

中篇 笠翁的戏剧理论

之后，不禁微笑会心。戏剧娱乐的功用，笠翁不只是提出了言论，更重要的是，他以自己的每一部剧作，直接而具体地诠释了此一看法。

除了娱乐的功能，我国传统戏剧在它发展的过程中，也逐渐衍生了教化的功用，因为戏曲中描述忠臣孝子、英雄将相的事迹以及因果报应的故事，所阐扬的忠孝节义概念，无可否认地乃是维系民众伦理道德、加强民众历史意识最重要而深入的力量。尤其戏曲"寓教于乐"的形式，比起史书或通俗的说部小说，对一般识字不多的民众而言，可说更具潜移默化的功能。

生于元代、死于明初的剧作家高明，在我国戏剧史上，可以算是一位确实认识戏剧价值与功用而又有意识地利用戏剧来作淑世工具的人了。他在著名的剧作《琵琶记》的开场里，以一阕《水调歌头》表明了自己的观念：

> 秋灯明翠幕，夜案览芸编。今来古往，其间故事几多般。少甚佳人才子，也有神仙幽怪，琐碎不堪观。正是不关风化体，纵好也徒然。　论传奇，乐人易，动人难。知音君子，这般另作眼儿看。休论插科打诨，也不寻宫数调，只看子孝共妻贤。骅骝方独步，万马敢争先。

在这一段文字里，从"正是不关风化体，纵好也徒然"，以及"论传奇，乐人易，动人难"的话看来，我们可以知道高明在一意抬高戏剧的教化功能之余，尽管并不刻意再指出它的娱乐效果，却也不曾否认其存在。笠翁在他的剧论中，于高明《琵琶记》其人其书，都心仪不已。当然，基本上说来，李渔对戏剧功用之

闲情偶寄：艺术生活的结晶

并重娱乐、教化的观点，是有别于高明淑世化人的论调。然而若只就教化一事而论，那也就所见略同了。《闲情偶寄》一书凡例中"点缀太平""崇尚俭朴""规正风俗""警惕人心"的四点期盼，多少已可以看出笠翁的心声了。至于其中剧论的阐述，更是具体地表达了教化的理念。在《词曲部·结构第一》"戒讽刺"条里，笠翁曾如是指出：戏剧的演出，从前的人往往以之来代替宣扬教化的木铎。因为世俗的愚夫愚妇，能够读书识字的到底是少之又少，要想劝使为善、诫使勿恶，便只有借戏剧的演出来收到潜移默化的效果了。世间的善恶是非、人情的厚薄冷暖，经过演员的现身说法，自然而然地便打动了人心，这也无怪笠翁要认为戏剧乃是"药人寿世之方、救苦弭灾之具"了。而除了理论，笠翁更从实际的创作里去印证自己的观点，我们只要看看他《凰求凤》这个剧作的下场诗，便不难窥知一斑：

   倩谁潜挽世风偷，旋作新词付小优。欲扮宋儒谈理学，先妆晋客演风流。由邪引入周行路，借筏权为浪荡舟。莫道词人无小补，也将弱管助皇猷。

当然，戏剧有没有必要肩负教化的责任，在今天来说，或许是一个见仁见智的问题，但在民智未开的古代，既然戏剧的搬演乃是人们接触事物、体会道理的一种具体来源，我们实在也无法否认它所不可避免的教化作用啊！

4. 体认文学演变的公例

在文学发展史的公例上，文学也具备着生物的机能。任何文体都必然会经历萌芽、茁长、成熟以及衰落几个阶段。因为一种文体经过多少年、多少人的创作之后,陈陈相因,内容必至于衰腐、精华必至于消歇,而渐失其文坛上的生命与活力。到这时,如果没有一种特殊的变化来刺激它的新生,那就只好向酝酿渐起的新文体俯首称臣了。萧子显《南齐书·文学传论》即谓"若无新变,不能代雄",而顾炎武《日知录》卷二十一更明白地指出如下的事实:

> 三百篇之不能不降而楚辞,楚辞之不能不降而汉魏,汉魏之不能不降而六朝,六朝之不能不降而唐者,势也……诗文之所以代变,有不得不变者。

事实上,不仅不同的文体随着时代的变化而起伏代兴,即以一种文体而言,它也是无日不在变化之中的。一旦丧失了求新求变的适应力,文学的泉流便转瞬成了静止的死水。笠翁评论戏剧,固然极力推重元人的成绩,但对元杂剧的短处,却也知之甚明而不隐讳,这正是他深切了解一切文体演进公例的具体说明。在《词曲部·结构第一》"密针线"条里,笠翁认为戏剧的内容可分为唱曲、对白以及穿插联络的关目结构,而"元人所长者,止居其一,曲是也。白与关目,皆其所短"。他同时也为这种大胆的论调作了解释,因为既然要为戏曲立言,那就应该站在戏曲的立场客观析论,使人有一个遵循取舍的标准。否则如果拘泥迎合于世俗的成见,以为一切都得取法元人,恐怕"未得其瑜,先有其瑕"了。另外在《词曲部·宾白第四》"词别繁减"条里,笠翁更进一步指出"千古文章,总无定格"的事实,以作为求新求变论调

闲情偶寄：艺术生活的结晶

的脚注。大概天底下的文章，有创始发明的人，就有守成不变的人；有守成不变的人，就有"大仍其意，小变其形"，自成一家，而不顾天下非笑批评的人。所以古来文字，"正变为奇，奇翻为正"，如此新变替代的，正不知有多少呢！

由于戏剧不脱文学新变公例影响的体认，笠翁论剧力主尖新而反蹈袭。《词曲部·宾白第四》"意取尖新"条中，笠翁以为尖新纤巧固然是行文的大忌，但在戏剧里，不仅不需避免，反而"愈纤愈密，愈巧愈精"，所以剧作家最忌讳的，其实正是"老实"二字。譬如说同样一句话，以尖新出之，则令人眉扬目展、兴致盎然，有如闻所未闻；以老实出之，则令人意懒心灰、索然无味，有如听所不必听。《词曲部·结构第一》"脱窠臼"条里，笠翁更进一步指出编剧的困难，莫难于洗涤窠臼，而编剧的陋端，也莫陋于蹈袭窠臼了。以同时代的新剧来说，往往从别的剧本里东抄一段、西凑一节，除了角色的姓名不同，其间的情节可说是千篇一律。这也难怪笠翁要称之为"老僧碎补之衲衣、医士合成之汤药"，而又以"千金之裘，非一狐之腋"的成语来加以讽刺了。

笠翁自己编剧，则是奔驰想象，尽量创新，譬如他的《意中缘》一剧，以明末的名画家：才女杨云友、林天素，名士董其昌、陈继儒四人为主角，其中因善画相识，倒有着事实的依据。至于彼此结为连理，则是笠翁才女配名士观念下的虚构。而尽管是虚构，却能合情合理兼又曲折离奇、引人入胜。另外《蜃中楼》一剧，是笠翁串合元人尚仲贤《柳毅传书》、李好古《张生煮海》两部杂剧的情节而成的。看来虽是翻人旧作，事实上改动创新的地方很多，而由于手法巧妙，编来可说是天衣无缝、不着痕迹。

从以上理论的分析和作品的印证，我们不难看出笠翁尚尖新、求变化的观念,而这也是他所最引以为豪的。在《闲情偶寄》的凡例中,笠翁标举了"戒剽窃陈言"的项目,且进一步说道:个人操笔编剧了大半辈子,可说从不曾盗取别人片言只语。在创作的历程里,因为"空疏"而自觉愧悔是有的,因为"荒诞"而招致讥评也是有的。至于说"剿窠袭臼,嚼前人唾余",却自谓"舌花新发",那不仅自信绝没有,就是海内的名贤专家,也全知道我是不屑去做的。笠翁《与陈学山少宰书》更自许地如此夸示:"不效美妇一颦,不拾名流一唾,当世耳目,为我一新。"凡此种种,正足以说明笠翁对文学史演变公例下戏剧精神的把握。

综上所述,虽只是荦荦数例,但笠翁的戏剧理论从这几个基本观点所衍发,却是一个不争的事实。我们只要仔细翻阅他《闲情偶寄》中的剧论,自然会深信不疑了。

第二章

笠翁的戏剧理论

中篇　笠翁的戏剧理论

如果拿西方的戏剧来作比较的话，那么我国戏剧的发展，可以说是起步既晚而亦较欠缺全面性的开拓。元代才姗姗来迟的杂剧，在那传统儒家文化遭受排挤压制、商业气息又极端浓厚的特殊环境里，确实曾经璀璨一时。但是迄后直到清初长达三百年的时间内，尽管成功的剧本极多、杰出的剧作家也不乏其人，戏剧文学却始终不曾得到应有的重视。在士大夫阶层的眼中，它只不过是倡夫优伶讨生活的把戏、贩夫走卒之流闲暇时的消遣品罢了。当然，偶尔也有些爱好戏曲的文人，写出他们吟味的心得，或杂记些作家、伶人的掌故资料，可惜都是零零碎碎，没有条理、系统，不能使人对戏曲产生整体的认识。笠翁则不然，他不但会欣赏、能编撰，更重要的是，他的戏剧理论之完整圆熟，使得传统戏剧一向的缺陷为之焕然改观。我们就是以笠翁为中国戏剧发展的一个重要里程碑，相信也是没有异词的。

笠翁的戏剧论主要见于《闲情偶寄》中词曲与演习两大部。《词曲部》又分六项三十八款——（一）结构：戒讽刺、立主脑、脱窠臼、密针线、减头绪、戒荒唐、审虚实。（二）词采：贵显浅、重机趣、戒浮泛、忌填塞。（三）音律：恪守词韵、凛遵曲谱、鱼模当分、廉监宜避、拗句难好、合韵易重、慎用上声、少填入韵、别解务头。（四）宾白：声务铿锵、词求肖似、词别繁减、字分南北、文贵洁净、意取尖新、少用方言、时防漏孔。（五）科诨：戒淫亵、忌俗恶、重关系、贵自然。（六）格局：家门、冲场、出脚色、小收煞、大收煞、填词余论。《演习部》亦分五项十六款一（一）选剧：别古今、剂冷热。（二）变调：缩长为短、变旧成新。（三）授曲：解明曲意、调熟字音、字忌模糊、曲严分合、锣鼓忌杂、吹合宜低。（四）教白：高低抑扬、缓急顿挫。（五）

闲情偶寄：艺术生活的结晶

脱套：衣冠恶习、声音恶习、语言恶习、科诨恶习。

以上的分类，前部都是就学理立论，后部则依实验创说。笠翁沉潜此道数十年，既从事剧本的编撰又选养歌伎教唱演戏，经验丰富、体认深刻，所提出的意见自然极为具体切当了。不过如果仔细加以阅读检讨的话，却仍然可以发现在分析、综合之际，笠翁的分类是稍欠缜密的。譬如说《词曲部》第一项"结构"与第六项"格局"，似可并为一谈；而第二项的"重机趣"，就所论的内容看来，也应该包入其中。又如第一项"结构"中"戒讽刺""戒荒唐""审虚实"几条，则又是属于题材方面，似乎也不宜并列。凡此种种，事实上都是笠翁戏剧理论架构秩序上的小瑕疵。当然，它并无损笠翁剧论独树一帜的价值，不过若全依其分目，却也不免于混淆了。

戏剧的体制，细分起来固亦烦琐，然其大体，笠翁却也片言析要、早经揭出了。《词曲部·结构第一》"密针线"条谓：

> 然传奇一事也，其中义理，分为三项：曲也，白也，穿插联络之关目也。

今人吴梅在他的《曲学通论》一书中，论剧作之法分上、下二章，其中内容大致即采自笠翁之说，而亦列结构宜谨严、词采宜超妙、宾白宜优美三项，此外并旁及宫调音律一事。今论笠翁的戏剧理论，基本上仍依据他的间架，不过为了利阐述而便于分析，使笠翁剧论能以更条理、更系统的面貌呈现出来，在条目秩序上，便不能不另为组合而稍加变动了。兹以关目、唱曲、宾白各列一目，其余又分为题材、科诨、搬演以及批评四项。

一、关目问题

所谓"关目",即笠翁笔下所说"穿插联络"之事,不过此乃就其为用之小者而言,如果就其大者言之,则当谓之结构了。元人杂剧通常不过四折,中间再加上楔子,到底仍如题跋、书信、小品般篇幅短小,若必欲强调布局如何、起结如何,不免稍嫌啰唆琐碎。但是到了明、清以后,一本传奇往往多达四五十出,那就如万言之书一般了。在编写之初,假如不先安排事实,并将全剧纲领、节目、角色、排场等作一匀称妥帖的通盘布置,又如何让读者、观众感觉到水复山重、迂回起伏的妙处呢?

正因为如此,笠翁在《词曲部·结构第一》里,就充分说明了结构的重要性:制曲编剧首重音律,而我却偏偏独先结构,那是因为音律方面,有书可考,其理彰明较著。尤其自《中原音韵》一书出,而阴阳平仄,无不一目了然;《啸余谱》《九宫十三调》两谱行世,而作曲的句型、字数、平仄,便都如葫芦依样地有谱可稽了。所以对一个剧作家来说,音律事实上只是一种刻板的成式而已,既谈不上特殊的技巧也无所谓如何的困难。至于"结构"二字,可就不然了。或许它是较为抽象的东西,不过在一个剧本正式动笔之前,左右全篇的立意、布局,却确乎不可或缺。那就好像造物者赋予万物形貌,"当其精血初凝、胞胎未就"的时候,事实上已是"点血而具五官百骸之势"了。如果先没有预伏的成局,而由头到脚,逐段滋生,恐怕人的一身,便有无数接合断续的痕

闲情偶寄：艺术生活的结晶

迹，血气也就为之阻隔不畅了。又好像建筑师构筑房宅一样，在基址才整理出来而屋架尚未竖立的时候，就早该设想好在哪里建厅堂、哪个方向开门户、全部工程要用哪些材料了。一定要等蓝图确定之后，才能开始"挥斤运斧"，否则造成一架而后再筹一架，恐怕就会前后乖违、顾此失彼了。从以上的例子，我们不难看出结构对一个剧本的重要性。而在笠翁剧论"结论"一项之中，"戒讽刺""脱窠臼""戒荒唐""审虚实"数条，大都偏于题材内容的阐述。真正触及结构问题的，事实上只有"立主脑""密针线""减头绪"三条，兹分述如下。

1. 立主脑

古人作文，一篇定有一篇的主脑。而所谓"主脑"，即作者立言的本意。戏剧的编撰亦同此理，所以一个剧本，虽有无数的人名，究竟都属于陪宾的性质，推原作者的初衷，事实上只为一人而设。而就以这一个人来说，自始至终、离合悲欢，中间无限情由、无穷关目，究竟仍都只是衍文而已，推原作者的初衷，也不过是为一事而设。这一人一事，就是剧本的主脑了。

由以上的立论加以推衍，则一部《琵琶记》，可说只为蔡伯喈一人；而蔡伯喈一人，主要的又只为"重婚牛府"一事。其余枝枝节节，都是环绕着此一事而生，如二亲的遭凶、五娘的尽孝、拐儿的骗财匿书、张大公的疏财仗义，皆由于此。而一部《西厢记》，则只为张君瑞一人；张君瑞一人，又以"白马解围"一事为中心。其他情节，也都是为衬引烘托此一事而设，如夫人的许婚、张生的望配、红娘的勇于牵线作合、莺莺的敢于为爱相许，皆由此而生。我们可以说"重婚牛府"四字，即做《琵琶记》的主脑；"白马解围"四字,即作《西厢记》的主脑。

当然,此一立论非独《琵琶记》《西厢记》为然,其他剧本莫不如此。只可惜一般作家在编剧时,但知为一人而作,却不知为一事而作。因此常就这一人所有事迹、逐节铺陈。剧本既缺少贯串的主旨,自然就如散金碎玉般,流于琐碎支离了。这样的剧作,零出单折演出,或许还勉强可以;如果就全本看来,那就如同断线之珠、无梁之屋,作者既茫无头绪,观众更是索然无味。

2. 密针线

剧本的主旨既经确定,其后全剧情节的安排,便都该环绕着此一用意,这样才能突出主题,作重点式的撞击,使观众留下深刻的印象。而即使已能环绕主题编剧了,其间顺序的编排、情节的埋伏照应,也仍须处处留神,不可稍有破绽。这功夫好比剪布缝衣一样,所以称为"密针线"。

人生世相万千,戏剧既不可能也不必要如流水账般一一胪列,那么如何选取事件、安排情节,以突出主题,自然就成为剧作家心力运集之所在了。笠翁在结构方面,标出"密针线"一项,足见其认识。他以为编戏如缝衣,其初是将完全的东西剪碎,而后又将剪碎的重新凑成。剪碎易,凑成难。而凑成的功夫,全在针线紧密。只要有一小部分偶尔疏忽,全篇的破绽便难遮掩了。所以在编剧的时候,每编一个小单元,都必须前后照顾几个单元。顾虑前面的情节内容,那是为了有所照应;而衡量后面可能的发展变化,则是为了便于埋伏。同时要注意的是,照应埋伏不止照应一人、埋伏一事,凡是这个剧本中出现过的人、牵涉的事,以及前前后后所说的话,节节都要想到。宁可想到而用不着,也不能该用着而却疏忽了。

若以针线论，元代剧作家因为并不专注于此，确实是要逊于明人传奇。即以著名的《琵琶记》来说，其中的关目便往往有着悖谬之处。譬如在剧中，蔡伯喈已中状元三年，而其家人仍毫不知情；又入赘相府，享尽荣华富贵，居然不能自己派遣仆役，而要托家书于路人，这些都是情理上所说不通的。此外，如五娘的剪发，当然是为了显出她的孝思，不过没有回护受人之托的张大公，使之自留地步，剧中张大公角色的性格，便不免于前后扞（hàn）格了。当然，《琵琶记》中瑕不掩瑜而值得取法之处，仍所在多有，如第二十七出"伯喈牛小姐赏月"，同一明月，而出于牛氏之口的，言言欢悦；出于伯喈之口的，字字凄凉。两种不同的遭遇、感受，在此微妙地表达了出来，这便充分见出了针线之密。以上从《琵琶记》的正反两面举例分析，而"密针线"手法对于一个剧本的重要性，也就可见一斑了。

3. 减头绪

戏剧的编写，既应该立主脑、密针线，那么减头绪一事也就势所必要了。事实上，头绪繁多，确是戏剧的大病。元明之际的四大传奇《荆钗记》《白兔记》《拜月亭》《杀狗记》，它们之所以能流传于后，就因为主题明确、一线到底，连三尺孩童也都可以了然于心。像这样的剧本，始终环绕着一件主要情节而贯串到底，也是以主角为唯一针线，自然不会枝叶蔓生、拖泥带水了。一般剧作家认识不清，总以为多写一个人，便多一个人的事迹，而多一些事迹，便能使情节关目变化复杂，令观众如入山阴道中、目不暇接。殊不知剧场上的角色，总是固定的那几个，剧本中再

中篇　笠翁的戏剧理论

多人物出现,也是由他们扮饰,结果几个人上上下下,却忽而张三、忽而李四,热闹虽热闹,终不免混淆人意。至于情节漫无限制地滋生出去,主题的失色、剧情的松散,那更是不在话下了。所以编剧的人,能以"头绪忌繁"四个字,刻刻关心,自然思路不会分歧,而文情得以专一了。这样编出来的剧本,就好像孤桐劲竹般直上无枝,虽不能保证其必传,却也已隐然有"荆、刘、拜、杀"的架势了。

以上"立主脑""密针线""减头绪"三点,可说是戏剧内容结构的基本原则。至于戏剧的外形结构,所谓"埋伏照映、宜前宜后",也自有它一定的格局。以明、清之际剧坛主流的传奇来说,笠翁在《词曲部·格局第六》里,就提出了如下的看法:

　　开场数语,包括通篇,冲场一出,酝酿全部,此一定不可移者。……

　　开场数语,谓之家门。虽云为字不多,然非结构已完、胸有成竹者,不能措手。即使规模已定,犹虑做到其间,势有阻挠,不得顺流而下,未免小有更张,是以此折最难下笔。……

　　未说家门,先有一上场小曲,如《西江月》《蝶恋花》之类,总无成格,听人拈取。此曲向来不切本题,止是劝人对酒忘忧、逢场作戏诸套语。予谓词曲中开场一折,即古文之冒头、时文之破题,务使开门见山,不当借帽覆顶。即将本传中立言大意,包括成文,与后所说家门一词,相为表里。前是暗说,后是明说。暗说似破题,明说似承题。如此立格,始为有根有据之文。……

· 057 ·

闲情偶寄：艺术生活的结晶

……

开场第二折，谓之冲场。冲场者，人未上而我先上也。必用一悠长引子，引子唱完，继以诗词及四六排语，谓之定场白……此折之一折一词，较之前折家门一曲，犹难措手。务以寥寥数言，道尽本人一腔心事，又且蕴酿全部精神，犹家门之括尽无遗也……非特一本戏文之节目，全于此处埋根，而作此一本戏文之好歹，亦即于此时定价。

前面的几段引文，虽说牵涉一些专有名词，乍看之下，并不易通盘了解。兼以传奇的形式，就现代人来说，也确实陌生了些。不过，这种外在格式的形成，事实上是有它的内在要求的。"开场数语，包括通篇，冲场一出，蕴酿全部"，此语便指出了真相。因为一部剧本，尽管变化万千，但是主要情节的线索，却必然在一开始便埋伏下了。所谓"即于情事截然，绝不相关之处，亦有连环细笋伏于其中，看到后来，方知其妙。如藕于未切之时，先长暗丝以待；丝于络成之后，才知作茧之精"，就是这个意思。而说穿了，种种格式的限制，亦无非想借此达到结构紧凑的目的，与"立主脑""密针线""减头绪"实无二致。

此外，在论"格局"之中，笠翁也谈到角色出场的问题。他认为一剧中的主要角色，不宜出之太迟。譬如说生为一家，旦为一家，生之父母随生而生，旦之父母随旦而出，乃是必然的事，因为这两个角色到底是一部戏的主体啊！至于他们的出场，虽不定在第一、二出，却也不能慢到四、五出以后。否则先有其他角色上场，观众看久了，恐怕就不免于反客为主。如果从它的立意来看，这个原则似乎就多少有着"立主脑"的意思。另外有关收场的问题,笠翁以为每部戏上半部的最后一出,就应该暂时收摄一下剧情,同时注意到"宜紧忌宽、宜热忌冷"的原则,使不致散漫冷场,而为过渡到下半部的桥梁,这在戏剧上叫作"小收煞"。至于全本戏的收场则名为"大收煞",这出戏最困难的地方,乃在于须避免刻意涵盖、收拾的痕迹,却又要将剧情一一结束而生团圆之趣。整本戏发展下来,到此一出之中,既要"七情俱备",笔力又能"到底不懈",这才充分显现出作者"愈远愈大之才"。凡此种种,细加比较,也可以说是"密针线""减头绪"的另一说明了。

二、唱曲问题

中国传统戏剧的内容可分为曲、科、白三项。白是对白,科是动作,而曲则指剧中合乐的唱词。在笠翁剧论之中,《词曲部》的"音律"一项,固然是属于曲的一部分,即"词采"一项,也仍是曲中之事,不过一属音律、一偏文辞而已。依笠翁的观念而言,"词采"虽不及"结构"的重要,却仍应列于"音律"之前。因为基本上,它们是有着"才""技"之分的。在一般人的眼里,"文辞稍胜者,即号才人",而"音律极精者,终为艺士"。当然,以大体来论,这二者究竟仍属一事而同系曲之下。

1. 词采

曲与词,同是合乐的一种凝练歌词,长短容或不一致,而必

闲情偶寄：艺术生活的结晶

须锤炼再三、处处精彩的要求，则是相同的。但是词如《莺啼序》，最长也不过二百四十字而已，前后容易贯串一气；曲则每出戏必得包括几支曲子，而一个戏本又往往有几十出之多，所以假如不是"八斗长才"，就很难"始终如一"了。在笠翁的标准之下，能够"全本不懈，多瑜鲜瑕"的，大概只有《西厢记》一本。其他剧本则"微疵偶见者有之，瑕瑜并陈者有之，尚有踊跃于前，懈弛于后，不得已而为狗尾续貂者亦有之"，足证此道之难。笠翁因抒己见，揭举几点心得，以垂示后人。

（1）贵显浅：曲文的词采与诗文的词采，非但不同，且要判然相反。因为诗文的词采，贵典雅而贱粗俗，宜蕴藉而忌分明。曲文则不然，其中话语取材于小百姓的街谈巷议，事情的表达偏用直说明言的方式。所以凡是看剧本而有令人费解，或是初阅不见其佳、必得再经深思之后方得旨意所在的，便非绝妙好词了。而像这样的作品，不问可知是时下流行的剧本，绝非元人之曲。大抵说来，元人并非不读书，但他们所写的剧本，却绝无一丝一毫的书本气。因为书本的事理，早已融入寻常生活的一言一行之中了。后人的剧本，为了卖弄才学，却囫囵吞枣地弄得满纸皆书。元人的剧本是深思而出之以浅，用意极深而出语极浅；后人的剧本，唯恐粗浅，便不知不觉地流于心口皆深了。譬如汤显祖的《牡丹亭》（亦称《还魂记》）一剧，一般人都认为可以与元剧相媲美，而其中最精彩的两出戏，大家也都公推《惊梦》《寻梦》。不过试看《惊梦》的首句："袅晴丝，吹来闲庭院，摇漾春如线。"以游丝一缕，逗起情丝，美则美矣，巧则巧矣。无奈发端一语，即如此惨淡经营，真正听过便解此意的，又有几人？这也就无怪笠翁要认为"字字俱费经营，字字皆欠明爽。此等妙语，只可作文字观，不得作传奇观"了。

事实上，笠翁这样的观点，完全导源于他对戏剧本质的正确体认。以舞台演出为表现方式的戏剧，基本来说，乃是一种语言、动作持续不断的故事叙述，了解此点，自然也就清楚曲词"贵显浅"而异于诗文词采的原因了。这样的体认，历来曲家也往往有所注意，譬如元代周德清在他的《中原音韵》一书中，即主张"书生语"不可入曲，同时更以为作曲应该"造语必隽，用字必熟"，因为"太文则迂，不文则俗"，所以戏曲必须是"文而不文，俗而不俗"。又如明代王骥德《曲律》一书，悬"曲禁"四十则，其中也认为太文语、太晦语、经史语、学究语、书生语以及堆积学问语，都不适合在戏曲中出现。但是尽管这些人都能清楚地体认到戏曲的本质与风格，戏剧词采的渐趋讲究，却也已汇为潮流了。一般说来，曲文词采好用诗文华藻，其事盛于明代万历以后，到明末而愈甚。当然，物极必反，所以昆曲盛行之后，戏剧便又由士大夫阶级所独享，解放而为一般民众共有的娱乐。再加上清人入主中原，文化本自不高，则当时通行的剧曲，必然又回到浅白的路线了。由此可知笠翁词采"贵显浅"的论点，除了基于对戏剧本质的体认，另外也是由于整个时代背景的影响。

而在这样的观念下，笠翁认为一个成功的剧作家，无论经传子史以及诗赋古文，都应该熟读细思。就是道家佛氏、九流百工之书，乃至孩童所学习的《千字文》《百家姓》，也无一不在所用之中。不过要注意的是，等到编剧时，要将这些材料形之笔端，却必须洗濯殆尽、去形取神，千万不能生吞活剥、照单全收。偶尔有用得着成语典故的地方，也应该妙在信手拈来、无心巧合，否则一经刻意牵合，便不免隔断精神了。多涉猎、多吸收地活读书，

· 061 ·

正是一个剧作家充实自己的必备条件。即使以今天而论，它仍然是正确而重要的金科玉律。

（2）重机趣："机趣"二字，乃是剧作家所不可或缺的要件。机是传奇的精神，而趣则是传奇的风致。或许说来有些抽象，但一部剧本若是欠缺了它们，就好像泥人土马般，虽具备了生形，却了无生气。一般作家心中既无所感又不识机趣为何物，编剧时只有随写随想、逐句凑成，中间自然没有贯串凝注的生命了。观众一掌握不住剧本的精神、用意，往往看到第二曲，便忘了第一曲是什么情形；看到第二出，更料不到第三出要作何发展了。

但是如何能使剧本中机趣洋溢呢？笠翁认为最要紧的是"勿使有断续痕，勿使有道学气"。所以无断续痕，并不单是一出接一出、一人顶一人而已，务要使戏中情节衔接、精神贯穿，而达到承上接下、血脉相连的境地。所谓无道学气，非但风流跌宕之曲、花前月下之情，必当以板滞迂腐为戒；就是谈忠孝节义之事，与说悲苦哀怨之怀，也不宜过于严肃低沉。相传王阳明有一次登坛讲学，反复辩说"良知"这两个字，结果有一个愚人突然问道："请问良知这件东西，究竟是白的，还是黑的呢？"王阳明丝毫不以为忤，笑笑地答道："也不白，也不黑，只是一点带赤的，便是良知了。"像这种随事设答而又极其浅白有味的例子，正可以见出所谓的机趣。

但是机趣之为物，却多少是与生而俱，可说是丝毫勉强不得的。假如性情中缺少了这么一丁点东西，偏要死心眼地去创作剧本，恐怕就要不免于迂腐板滞之讥了。笠翁以本身长期创作的经验来现身说法，劝谏这种人不如"另寻别计，不当以有用精神，费之无益之地"。因为任何事情才艺，除了必当的努力，总有所谓的"凤根"存在其中的。勉强而后能者，在笠翁看来，"毕竟是半路出家，只可冒斋饭吃，不能成佛作祖也"。

（3）戒浮泛：前面已提到曲文的词采须力求显浅，但是一味显浅而不知分别，则将日流粗俗，求为文人之笔而不可得了。元人的杂剧往往犯这个毛病，即是有感艰深隐晦之弊却矫枉过正的结果。其实要仔细加以研究，极粗极俗的话，也未尝不可以出现剧中。不过有个原则，却无论如何必须把握，那就是在运语铸词时，宜贴切剧中角色的身份。譬如花面或丑角的口中，则吐词唯恐不粗不俗，而生、旦的唱曲，便不得不斟酌一些了。相传为元代施惠所作的《幽闺记》一剧，其中的陀满兴福，乃是小生角色，但是试看他避兵曲中的唱词"遥观巡捕卒，都是棒和枪"，却呛俗不堪，一点也不配合角色该有的口吻。像这种情形，又如何能传神人理而引人观赏呢？

除了贴切角色身份，编写剧本还须切记"说何人，肖何人；议某事，切某事"的原则。否则人云亦云、隔靴搔痒，必至于空洞浮泛、言之索然无味了。笠翁认为所有的文学体裁中，头绪之繁多，没有比戏剧更超过的了。但戏剧的头绪虽多，总其大纲，却也不出情、景二字。所谓"景书所睹，情发欲言。情自中生，景由外得"，正是二者的明显区分。而"情乃一人之情，说张三要像张三，难通融于李四。景乃众人之景，写春夏尽是春夏，只分别于秋冬"则充分显现了二者的难易程度。因此一个戏剧作家，必然要敢于舍易就难，才可能有独树一帜的作品。

戏剧是人生的重现，而人生实为喜、怒、哀、乐的组合。只有从情之一字着手，剧作家才能深刻而真实地反映人生。如何让剧中人物的感情、个性活现于舞台之上，而引发普遍的回响共鸣，这是一个剧作家的功力所在。因此笠翁特别期许有才华的剧作家要全力专注于情之刻绘，而即使须得分心于景之描写，也要能够即景生情。言在此、意在彼，听起来自然多一分耐人咀嚼的意味。更何况境随心转，一样景物百种感受，由此下笔，更见出情景交融的微妙细腻之处。譬如前面曾提过的《琵琶记》第二十七出《伯喈牛小姐赏月》，可以说牛氏有牛氏之月，伯喈有伯喈之月。因为表面上说的固然是同一明月，事实上暗寓的却是彼此相异的心境。所以牛氏所说之月，当然不能移一句于伯喈，而伯喈所说之月，又何尝可以挪一字于牛氏呢？夫妻二人之语，尚且有着如此的距离，那么其他关系的人就更不在话下了。编写剧本的人如果不能独具慧眼，使笔底下的角色各有其面貌，恐怕就要触浮泛的戏剧大忌了。

（4）忌填塞：由以上"贵显浅""重机趣""戒浮泛"诸条而论，则剧本之讲求自然真切，也就不言而喻了。在这种条件之下，笠翁因之进一步提出"忌填塞"的要求。基于丰富的编剧与指导演出的经验，笠翁深切体认到戏剧到底不同于文章。因为文章是写给读书人看的，所以不怪其深。而戏剧则是编给读书人与不读书的人同看，甚至是编给不读书的妇人、小孩看的，所以贵浅不贵深。这样的意见，可以说是真正触及戏剧本质的精当之论了。

一般的剧作家往往忽略了戏剧的舞台生命，一味地埋首书案，借掉书袋来敷凑成篇。笠翁分析填塞之病，认为不外"多引古事""叠用人名""直书成句"三种主要的症状。至于它们致病的原因，也可以分三点来解释，其一是"借典核以明博雅"，其二是"假脂粉以见风姿"，其三则是"取现成以免思索"。凡此种种，说穿了，一方面固然是剧作家误解了戏剧的本质，而以之为卖弄才情的工具；另一方面则是由于本身的贫乏与对事物认知的浮泛，只得套用现成或堆积故实，以作为技穷的掩饰。否则历来剧作家也未尝不引古事，未尝不书现成字句，未尝不用人名，但是他们的体认与动机既有别于一般凡俗的作家，表现出来的自然就不太一样了。引古事不故意寻取幽深、用人名不旁取隐僻，至于成句虽也出诸诗书，却必然是耳根听熟、舌端调惯之语。唯其如此，所借用的人名、故实，才能与剧本中的整体生命衔接一气，血脉相连。剧作家若仔细玩味笠翁"能于浅处见才，方是文章高手"的话，或许比较能免于重蹈填塞的覆辙吧。

2. 音律

我国的传统戏剧是一种歌剧的形态，剧中的唱词必须兼具文学与音乐的双重条件，可以说是困难至极，令人望而却步。笠翁毕生从事艺文创作，即深觉作文之苦，没有比填词更甚的了。因为别种文体，随人长短、听我张弛，总不至于有太多的限制。就是以近体诗而论，虽然有平仄、字句、押韵的限制，但其中仍有些许变化的自由。尤其五绝七绝、五律七律，各有一种固定的模式，自然容易掌握而熟能生巧。至于剧中唱词的填写，不同的曲牌都各有它特殊的体式。而其中句子的长短、字数的多寡、声音的平上去入、韵的清浊阴阳，又都有一定不移的规格。好不容易调妥了平仄，还得考虑会不会阴阳反复。阴阳总算才分清楚了，又要看看有没有跟声韵不谐。在这样的苛法折磨下，一般作家几乎都不免要搅断肺肠、烦苦欲绝了。

不过苦固然是够苦的了，但换一个角度来看，笠翁认为作文之最乐者,却也非填词莫属。记得曾有一位新月派的诗人说过"作诗犹如下棋",确实不错,我们且想想,如果没有了马走日步、象穿田字、卒可前行不可倒退等规定,那么下棋的技巧如何见出?而下棋的乐趣又在哪里呢?须知道填词的规定,虽是烦琐不耐,却也是前人累积无数创作经验才约定俗成的。依此格式填词,至少可以保证作品达到某种程度的美感。所以笠翁认为"能于此种艰难文字,显出奇能。字字在声音律法之中,言言无资格拘挛之苦",才可以算是"盘根错节之才,八面玲珑之笔"。也因此,他以一己创作的心得、苦乐,和盘托出,提供后学者一些音律方面的宝贵知识。归纳笠翁这方面的经验谈,大要可略述如下。

(1)用韵问题:传奇每本往往多达几十出,但是每一出之中,须一韵到底,不容许有半字出入,所以笠翁首先揭举了"恪守词韵"的原则。旧的剧本中,往往用韵较杂而出入无常,不过因为其时法制尚未齐备,本来就没有成格可供遵照,自然也不应该太过苛求了。后来周德清的《中原音韵》一书既经问世,协韵有了准绳,则畛域画定,寸步不容逾越了。譬如在沈约诗韵之前,一般人作诗,大同小异之韵,或许可以叶入诗中。等到诗韵区分清楚了,即使诗仙李白、诗圣杜甫,也不曾因才思纵横而跃出韵外的。大凡一种事物,总是初成时粗糙,而后渐趋精细。诗韵、词韵的形成,亦复如此。作家固然不可以为了迁就协韵而扭曲词意,却也不应该放纵才思,视协韵如无物,以致演唱之时,缺乏悠扬连绵的美感。

事实上,周德清的《中原音韵》,乃是一种以北方官话系统为标准的韵书,主要是应杂剧创作协韵之需而产生的。明代以后,传奇取代杂剧而为剧坛主流。它是南方系统的一种戏剧,在用韵方面,当然跟北杂剧有着明显的不同。而由于缺乏专门的韵书作为参考，只有将《中原音韵》中的入声字抽出，另为一声，而后勉强备用。其实除了三声、四声的主要区别，《中原音韵》一书也还存在着其他问题，例如笠翁所提出的"鱼模当分"，即是一个明显的例子。笠翁认为"鱼"韵与"模"韵之间，相去甚远，《中原音韵》将它们并为一韵，可说极不妥当。在创作传奇时，当令鱼自鱼而模自模，两不相混，才合乎理想。而就是不能全出都分，至少其中的每首曲子，也应该各为一韵，不相混用，如此才能使文字与声音相媲美。

此外，同一曲牌连续使用数次，除第一支曲列曲牌名外，其他在南曲叫作前腔，北曲则叫幺篇。而传奇的前腔，更有末数语前后数曲相同，不复另作的，这叫作合前。合前的作用，一方面是让伶人在搬演时，少读数句新词，省费几番记忆。另一方面则是传奇的曲子，原由各人分唱，到了合前之曲，则由场上所有角色合唱，如此既省精神，又可造成全场的气氛。但是合前之曲，既经限定，便难免因为意思的不容改动，全曲之中偶有韵脚重复的。这在传奇的用韵来说，终究是一个小小的瑕疵，所以笠翁特地提出了"合韵易重"的警告。

至于"廉监宜避""少填入韵"两条，也是笠翁的经验之谈，非纸上谈兵的剧作家所能窥其微妙的。"廉纤""监咸"二部，可说是极难谐畅的险韵。一来这两个韵部都属闭口音，收音不够清亮。用于急板小曲，或许还尚贴称，若填悠扬大套之词，最好便要避开了。二来这两个韵部之中，可堪使用的不过寥寥数字，其余则险僻艰深，无非是备而不用罢了。而入声韵脚，笠翁以为宜于北而不宜于南。因为韵脚一字之音，比起其他的字更须明亮。北曲的入声字既已并入平、上、去三声之中，用入声韵脚，与用其他三声韵脚，本无二致。南曲则四声俱备，唱念之间，自然也

闲情偶寄：艺术生活的结晶

要四声分明。而入声字一经大声唱念，往往类于其他三声。如此便南北不分，而难见特色了。更何况入声韵之字，雅驯自然者少，粗俗倔强者多，除非是词坛老手，用惯了此等字眼，方能点铁成金。其他人运用不来，不是失之太生，则失之太鄙，恐怕还是要如笠翁所说，"少填入韵"为妙了。

（2）协律问题：除了用韵须多讲求，笠翁也注意到了协律问题。他以为："词家绳墨，只在《谱》《韵》二书。合谱合韵，方可言才。不则八斗难克升合，五车不敌片纸。虽多虽富，亦奚以为？"一般剧作家创作戏曲时，唱词的部分，都是按曲谱的格式规定填入文字，所以当时往往称之为"填词"。大抵每一曲牌，皆有它一定的律调板式，更动不得。尽管情事新奇百出，文章变化无穷，却总不能跳出谱内刊成的定格。若就束缚文人而使有才不得自展者来说，曲谱恐怕是难脱关系的。不过换一个角度来看，由于格式的限制，普通人不得染指其间，因而保障了它的水平与特色。所以如果要说私厚词人而使有才得以独展的，却也非曲谱莫属了。俗语所谓的"依样画葫芦"，拿来形容填词，最是贴切不过。而妙就妙在依样之中，却能别出好歹。稍有一线出入，则葫芦体样不圆，非近于方，便是类乎扁了。

曲谱自有成式可遵，而后来词人好奇嗜巧，往往将旧曲二首或三首，串合为一曲。如以《金络索》《梧桐树》两曲加以组合，而命新名为《金索挂梧桐》。其他如《倾杯赏芙蓉》《倚马待风云》等，也都是如此。但是这唯有老于词学而本身又善歌的文人才能，否则上调不接下调，徒受歌者揶揄而已。更何况串旧作新，终是填词末技。只要文字好、音律正，就是曲牌名陈旧，仍觉新奇可喜。

至于音律之难，笠翁以为不难于铿锵顺口之文，而难于倔强聱牙之句。铿锵顺口者,如果此字声韵不合,随便取一字更换,读起来仍必纵横顺逆,皆可成文。佶强聱牙之句,就是不拘音律,任意挥洒,尚难见才。再加上清浊阴阳,以及明用韵、暗用韵等规定,死死限在其中,自然难以施展讨巧了。笠翁积多年的创作经验,特别提供一方便法门。那就是凡作佶强聱牙之句,不合自造新言,只当引用成语。因为成语就挂在人的口头上,即使稍更数字、略变声音,念来亦觉顺口。新造的句子,原已陌生,一字聱牙,非止念不顺口,更令人不解其意。例如柴米油盐酱醋茶,可说是耳熟能详的一句话,试变为油盐柴米酱醋茶或是再变为酱醋油盐柴米茶,未有不解其声、不明其义的。笠翁作传奇数十种,深知"拗句难好"之苦。但所谓"三折肱为良医",从他所作的分析及提出的因应之道,我们正可窥知他的深切体认与无私气度。

另外,笠翁又提出了"慎用上声"的看法。因为平、上、去、入四声之中,唯上声最为特别。用于词曲,较他音为独低;用之对白,又较他音为独高。所以填词的人用上声时,最需斟酌。一般说来,它比较适合于幽静之词,而不利于昂扬之曲。不过就是在幽静之词里,也只宜偶尔使用或间歇使用。切忌一句之中,连用二三四字,否则唱到上声字,音调自然降低,连续数字都低,则不特无音,恐怕也要无曲了。一般剧作家并不深切了解四声的音乐性质,在握笔填词之际,只觉上声字出口清亮,自然得意疾书。哪里知道唱曲之道,与此恰好相反,念来高者,唱出反低。这也就是为什么文人的得意之作,往往利于案头吟哦赏玩而不利于场上歌唱演出了。

最后,笠翁也对"务头"一词,表达了个人的意见。周德清与程明善二人诠释"务头",除了胪列前人的作品,说明何者为务头、可施俊语于其上之外,并未说明它的究竟意义。笠翁对这种失之笼统的解释,当然并不满意。他认为"务头"二字,既然不得其解,就当以不解解之,不必勉强立说。不过从前人例作的分析之中,笠翁多少能体会到如此的作用。大概曲中之有务头,犹如围棋中之有眼,有此则活,无此则死。凡是进不可战、退不可守的,只是无眼之棋——死棋而已。至于看不动情、唱不发调的,则是无务头之曲,那也只是死曲罢了。由此而论,一曲有一曲的务头,一句有一句的务头。只要一曲中得此一句,即使全曲皆灵;一句中得此一二字,便让全句皆健的,我们就可说它是务头罢了。

我国传统的戏剧乃是一种以歌唱为主体的歌剧。笠翁在此条件下,建立其戏剧理论,自然免不了要对音律方面作申说。今天,除了幸存的京剧及其他地方戏,剧坛上流行的已不再是歌剧形态的演出了。用韵、协律这些古代剧作家所劳神苦思的问题,自然不复困扰今天的剧作家。不过如何从古人的经验中吸取精华、如何从旧剧中感受奥妙,使舞台上的语言,仍然荡漾着抑扬顿挫的美感,却还是值得我们用心去思索的。

三、宾白问题

我国的戏曲原以唱词为主,所以北曲的宾白,往往只作为剧中点清眉目之用。有时甚至一折之中,不过寥寥数言而已,就是抹去宾白而只阅填词,仍觉一气呵成,未有断续的痕迹。传奇的篇幅、场次,都远过于杂剧,所以它的宾白,便多少带

中篇　笠翁的戏剧理论

有为唱者节劳和进一步宣明曲意的作用。笠翁清楚曲文与宾白，事实上是一个完整而不容分割的整体，较诸其他只重填词、视宾白为末者的传奇作家，他当然更能看重宾白的作用。他以为曲之有白，就文字而论，正如经文之于传注；就物理而论，又如栋梁之于榱桷（cuī jué）；就人身而论，则如肢体之于血脉。非但不可以相轻，甚至会觉得稍有不称，即至于因此而贱彼，使全篇为之失色。所以，一个传奇作家应知宾白一道，必当与曲文等视同观。有最得意的曲文，即当有最得意的宾白。只要笔酣墨饱，彼此自能相生相成。常有因为一句好的宾白，而引起无限曲情；又有因为填了一首好曲子，而生出无穷话题的。足见曲白之相互带动、触发，事实上正是戏剧情节推动的主要动脉啊！笠翁的这种认识，在剧坛上以唱腔为主题的时代，可说是相当的进步。而他在这方面的意见，自然也就弥足珍贵了。归纳笠翁的心得，可分为两方面来说。

1. 声音方面

戏剧之为体，实在大大有别于其他文学的形态。小说、散文，可以一卷在手，神驰思飞，慢慢去领会它们的佳妙之处。戏剧则必须透过演员的语言、动作、表情，在舞台上连续演出一个故事。对白由演员以代言体的方式念出，除了语言本身的内涵，声音的是否入人耳、动人听，当然也成为衡量优劣的要件了。笠翁论此，大约有以下三点，可供参考。

（1）声务铿锵：一般人只知道曲文须注意到音韵问题，而往往忽略了宾白更应该调声协律。因为数言清亮，立刻使观者倦处生神。对吸引观众的注意而言，宾白确有它料想不到的效果呢！

闲情偶寄：艺术生活的结晶

骈体文之句，必须平仄相间使用，事实上，所有的文句都应该如此，乃能增添抑扬跌宕的美感。譬如两句话之中，上句的最后一字若作平声，下句末一字则最好用仄声。因为连用二平，则声音便带暗哑，不能耸听；连用两仄，又觉音类咆哮，不能悦耳。当然这也只是一个大原则而已，并非逐字逐句，都必须如此斤斤计较。不过，若能在宾白之中，尽量讲求平仄相间使用，自然字字铿锵、人人乐听，而有金声掷地之评了。

声务铿锵之法，虽说不出平仄、仄平二语，但有时连用数平或连用数仄，明明知道声欠铿锵，而限于情事，欲改平为仄、改仄为平，却绝无仄声平声之字可代替的。笠翁累积无数的经验，认为在这种情况之下，就用一个上声字介乎其间。因为平、上、去、入四声，平居其一，而仄居其三。事实上，上声之为声，虽与去、入同列于仄，而实可以介于平、仄之间。在声音上，它读起来较平声为略高，比起去、入两声来说，则又略低。古人造字审音，将上声摆在平、仄之间，明明就指出了它过渡桥梁的居中意义。笠翁这一发现，在声韵学上或许微不足道，但对于戏剧的声音效果，却有着相当实际的贡献。

（2）字分南北：中国地大物博，风俗语言，也往往随地而异。戏剧中使用何种语言，当然得视它的区域而定。但是既经确定何种语言，则必须全用此种语言，不可掺杂混用，其统一性是不容随意改变的。北曲有北音之字，南曲有南音之字，如南音称人为"你"，自称为"我"；北音则呼人为"您"，自呼为俺为"咱"。像这类字眼，在运用时即不可混淆，以免让人捉摸不清。而一折之中，曲文为南，则这一折的宾白，也应该全用南音之字；曲文为北，则这一折的宾白，便得全用北音之字。

（3）少用方言：戏剧的演出既以大众为对象，便应该具备相当程度的普遍性，如此，才能雅俗共赏、远近同娱。笠翁眼看当时剧坛的一些怪现状，不禁有感而发。譬如一般剧作家见花面登场，都作姑苏地方口吻，便引以为定律，凡作净、丑的宾白，就用方言。殊不知流行的事物，有时不过是一时的好玩而已，本身并没有太大的道理存在。如此东施效颦的结果，使所编的剧本只能通行于吴越之地，一超过地界，则听者茫然了。要知道传奇乃是天下之书，难道只是为吴越而设的吗？所以剧作家在编剧时，必须特别注意剧中角色的宾白，务求不为方言所困。日后在搬演时，也不会因方言而困扰观众。

2. 语意方面

除了声音之讲求入人耳、动人听外，它本身的语意是否能贴切剧中角色的身份、处境，是否简练精彩而能引人入胜等，也都是剧作家在运笔铸词时，所必得费心经营的。笠翁在这方面，提出了以下的几点看法：

（1）语求肖似：笠翁认为天下间文字之最豪宕、最风雅，作之最健人脾胃的，再没有比填词更超过的了。一生饱尝忧患落魄，自谓从幼至长，总无一刻舒眉的笠翁，却觉得在编剧的时候，非但郁闷愠怨为之一扫而空，甚至在片刻之间，成了世间最快乐的人，似乎荣华富贵的受用，也不过如此而已了。因为现实处境中的为所欲为，无论如何也比不上幻境的纵横驰骋。在剧本虚构的情节里，作家伏案冥思，则意之所至，都可以托诸笔端。我要做官，而顷刻之间，便致身荣贵之列。我要退隐，则转盼间，又早遁入山林、与世无争了。我希望做世间才子，摇身一变，就成

闲情偶寄：艺术生活的结晶

了杜甫、李白的化身。我想娶绝代佳人，则婚配王嫱、西施，又有何难？凡此种种，都可以随意兴所至，畅所欲言。不像其他文体，欲作寓言，还必须远引曲譬，唯恐有失风人含蓄之旨。

戏剧塑造了许许多多的角色，作者的心意转了个弯，就从他们的口中尽情表露了出来。无论怨怼不满也好，浮夸吹嘘也好，作者既有了"代言人"，当然可以毫不保留地畅所欲言了。不过，须知道要畅所欲言，也并不是一件容易的事呢！因为剧中角色既各有他们的身份、处境，而"言者，心之声也"。要代此一人立言，便得先代此一人立心。如果不是全心全意投入剧情之中，梦往神游，又如何能够做到"设身处地"呢？更何况角色繁复，正派的角色，我们固然应该设身处地，代生端正之想、吐端正之语。而塑造了反派的角色，我们也得设身处地，暂为邪辟之思、发邪辟之辞。务求心思隐微细腻、人我皆泯，做到随口唾出，而就能说一人、像一人，使不至雷同也不流于浮泛。就像《水浒传》的叙事、吴道子的绘画一般，剧中角色也要栩栩灵动、各具面貌，那才能算是一本成功的剧作啊！

（2）词别繁减：传奇中宾白字数之繁夥与摹写之认真，大概要推笠翁为第一人了。这种做法跟当时一般作家的习惯，可说大相径庭，所以笠翁也深知"海内知我者与罪我者半"了。了解笠翁的人，或许会体认到从来作宾白的人，只是当说话般信口写下；而笠翁的宾白，却当文章看待，每个字都要经过推敲。从来作宾白的人，只求纸上分明，一点也不顾虑口中顺逆。往往看他们的剧本，觉得极为透彻，一到台上演出时，听起来便觉糊涂的。那是作者在编剧之际，只顾挥毫，并未设身处地，既以口代演员又以耳当听众，心口相系，而去仔细衡量好说不好说、中听不中听。

至于笠翁，那就不一样了。手则握笔，口却登场，全以自身代替演员，去揣想试验实际的演出状况。更以神魂四绕，暂代听众欣赏，来考虑关目是否紧凑、声音是否好听。凡是确定好的则放手直书，否则便暂时搁笔，这就是笠翁编剧能够观听咸宜的缘故了。

至于怪罪笠翁的人，却不免要说："编剧既叫作填词，显然就应该以词为主。而宾白名为宾白，更明白指出白只处于宾的位置而已。为何偏要反客为主，犯此树大于根的毛病呢？"针对这样的指责，笠翁以为前人宾白不少。并不是有一定得少的规定，而是他们只以填词的工作自任。至于宾白，则约略提示数语，其余便留给演员们斟酌自加。但戏剧其实是一种完整而贯串的组合，其中任何一句唱词、一句宾白，都有它存在的意义。演员之中，智愚不等，对全剧血脉精神的契合，也必不能如原剧作家的深入。与其让演员妄自增窜，糟蹋了原剧的美质，还不如由剧作家填写完整，以保存全剧的精神。另外，作新剧与演旧剧，其间也有着相当的出入。演旧剧譬如《琵琶记》《西厢记》等，家传户诵已久，情节内容，大家早已耳熟能详，即使不说一句宾白，只唱曲文，观众也能心领神会。所以宾白繁减，自然不是问题之所在了。但是新演一剧，那就不一样了，它的情节、内容，观众事先并未有所知悉，而词曲一道，只能传声、不能传情。要观众能清楚本末、洞悉幽微，便必须在宾白上面着力了。更何况千古文章，总无定格。有创始的人，就有守成不变的人；有守成不变的人，也自然会有大仍其意、小变其形，极力寻求突破，而不顾天下非笑的人。而文字的或长或短，本应该视个人的笔性而定。笔性遒劲、简练的人，不能勉强使之加长；笔性挥洒纵肆的人，同样不能勉强缩之使短。

（3）文贵洁净："词别繁减"一条中，笠翁再三申说了白不厌多的看法。在此他又提出了"文贵洁净"的意见。"洁净"二字，可说即是简省的别名。洁则忌多、减始能净，两种说法究竟是不是前后矛盾了呢？事实上并没有，因为作宾白的时候，剧作家原该掌握住"意则期多，字唯求少"的原则。那就是作为表达、衔接一部完整的剧情来说，宾白的内容、层面，务求翔实而清楚。但它借以表达的文字，却应该尽量洗练精简，如此，才有足够打动人心的力量。

但是一般人作文，总有个通病，那就是常有别人以为非而自认作是的；或是起初信以为是，最后却悔其为非的。尤其文章出自己手，呕心沥血之余，总觉无一非佳。大概作品初成的时候，左看右看，几于无语不妙。等到稍经时日之后，热情兴奋逐渐冷却了，态度变得理智一些了，再拿来仔细读一读，则妍媸美丑之间，不仅别人能加辨别，即连自己也心中有数了。所以剧作家如果能从开笔之初以至脱稿之后，隔日一删、逾月一改，或许就可以淘沙得金，不再有瑕瑜互见的缺失了。

（4）意取尖新："纤巧"二字，为行文的大忌，几乎所有的文体莫不皆然，而唯独不戒于传奇一种。我国的诗文，在温柔敦厚诗教的涵孕下，一向以含蓄厚实为其外貌的本体。也因此，纤细精巧的风格，自然不为历来文人所接纳了。但是传奇本以人间悲欢离合的新奇事为素材，而代言体的表达方式比较接近现实生活的表层，它的不忌纤巧、无须含蓄，乃亦无可疑义了。甚至我们可以说，"老实"二字就是纤巧的仇家敌国，而为传奇作家所避之唯恐不及的。

笠翁极力主张"纤巧"一事，不过因为这两个字，被文人鄙贱已久，提出来既不响亮，也不中听，乃代之以"尖新"一词。

而确实,在戏剧的宾白里,同样的一句话,以尖新出之,则听起来令人眉扬目展,有如闻所未闻。以老实出之,则让人觉得意懒神颓,有如听所不必听。宾白的字句之中,处处流露尖新活泼的气息,则摆在案头,不观便罢,一观即欲罢不能;奏之场上,不听则已,一听便恐怕要求归不得了。

　　(5)时防漏孔:一部传奇,篇幅既然如此的长,其中的宾白,从头到尾,更何止于千言万语。所谓"多言多失",又岂能保证无前是后非、有呼不应甚或自相矛盾的地方。譬如明代高濂的《玉簪记》,剧中女角陈妙常乃是一个道姑,宾白既谓"姑娘在禅堂打坐"、唱曲也说"从今孽债染缁衣",用了"禅""缁"这些佛家字面,就是不经心之下出的漏洞。其他剧本亦复如此,可说不胜枚举。总之,文字短少者易为检点,篇幅长大者难于照顾,乃是势所必然。宾白在一部戏中,既不能少,那就只有靠剧作家的小心查证、随时注意了。

四、题材问题

　　一个文学家再怎么样拥有生花妙笔,要想写成一部感人深刻乃至垂世不朽的作品,却仍不能不取决于是否有一件值得挖掘的题材。我们可以说,题材的好坏,事实上已经大致决定了一部作品的成功与否。而文学的题材,除了一个故事、一件事情的具体材料,最重要的还是贯串其中的一些抽象质素,那就是情感、想象、思想三项。传奇既不能自外于文学,当然也就少不了这三种要素了。笠翁剧论之中，虽然由于时代演变与文学体认的不同，并没有专项讨论这方面的问题。但是东鳞西爪、散见全书的一些意见，却也表现出相当深入的看法。

1. 情感

文学作品之所以能引人观赏乃至赚人热泪，实因为其中自有真切的感情存在。王国维《人间词话》中引尼采所谓"一切文学，余爱以血书者"就是这个道理。血泪交迸，真情流露，文章还有不感人的吗？在戏剧中，情感之动人，透过演员逼真的表演、音乐的增添气氛乃至观众的相互感染，往往会收到更大的效果。笠翁即深深以为：传奇本身并无所谓的冷场、热场，最怕的是剧情、唱白，样样不合人情。假如不能通于人情而引发共鸣，即使场上锣鼓喧天、演员穿梭叫嚷，观众恐怕也是无动于衷的。而如果其中的离合悲欢，都是人情之所必至，能使人哭、能使人笑甚至能让人怒发冲冠、能让人惊魂欲绝，即使鼓板不动、场上寂然，而观众叫绝不已的声音，反能震天动地。

情感在剧中的作用，乃在于引起听者的同感。同时并由于剧情的推展，悲欢离合都各有其合理的收场，也使得欣赏戏剧的观众，能因而滤清胸中郁积的情绪。所以从生活中选取题材，使剧里剧外，感情得以沟通共鸣，乃是一个剧作家所必先建立的认识。笠翁即以为：王道本乎人情，而人世间的一切事理，也莫不皆然。所以凡是作传奇，只当求于耳目之前，不当索诸闻见之外。即以大家共通的情感、熟悉的事物，来作为剧本的中心。因为不只是词曲而已，其他所有的文体亦然，凡说人情物理而能触发大家共鸣的，往往千古相传；至于语涩荒唐怪异的，则不过当下博人一

中篇　笠翁的戏剧理论

粲或骇人听闻罢了，断难长久留存。

正基于这样的体认，笠翁在"词采"一项中，才有着"戒浮泛""忌填塞"的主张。试想剧作家并非有感而发，他或许只是为了矜夸才情，更或许只是为了鬻钱糊口。因此在一部剧本里，他不是人云亦云、尽兜着圈子转，就是大掉书袋、拼命堆砌一些典故，其中并没有一股推动他不得不写的感情原动力。很明显地，一位作家如果连自己都感动不了，又凭什么去感动观众呢？

2. 想象

当然，文学作品中最主要的乃是真诚贯注的情感。不过有了这样的条件之后，作者还必须考虑如何来表达，才能引起读者的注意、加深读者的印象。否则平铺直叙、泛泛无奇，岂不是枉费了一片痴心真意？譬如说在唐诗中，有许多反战的诗歌。而正因为数量太多了，作者若不能翻陈换新、别出心裁，又如何能获得读者的青睐？所以当一般人习惯于正面描写战争、着重血腥残酷场面的诗歌之后，王翰《凉州词》中"醉卧沙场君莫笑，古来征战几人回"的句子，从表面潇洒而内实凄惨的无奈，来控诉战争的迫害，就更加耐人咀嚼了。至于陈陶《陇西行》的"可怜无定河边骨，犹是春闺梦里人"，则自春闺的魂牵梦绕，使无定河边已寒的枯骨，顿时加重了感情的分量。而战争的无情摧残，也就不言而喻了。像这些，都是作者基于人道的真情，而又充分运用自己灵活的想象力，所写成的不朽诗篇。

笠翁以为传奇题材的由来，可说"或古或今，有虚有实，随人拈取"。所谓的"古"，乃是指书籍中所记载、古人已发生过的事情。"今"则是根据耳目传闻，与作者同时代的事情。至于

闲情偶寄：艺术生活的结晶

所谓的"实"，是就真人实事而衍发敷陈，不假造作，有根有据的意思。"虚"则是像空中楼阁般，全属虚构、无影无形的东西。一般人或许会认为其中必然是古事多实、近事多虚。其实不然，凡是传奇，大半多为寓言，其中必然掺杂了虚构的成分。譬如说想要劝人尽孝，那就编个行孝的剧本。当然，为了增加故事动人的力量，可以找个有真实事迹的孝子充当主角。不过如果考虑到这个故事的戏剧性，则真实事迹中的那一点点情节又如何会够呢？因此，剧作家在下笔的时候，便可以运用他丰富的想象力，不必尽有其事，凡是孝亲所应该有的，都可以全拿来加到主角的身上。至于其间情节的合理合情，自然也是剧作家所必须加以考虑的。

从戏剧题材的由来，我们不难窥知想象力之于戏剧的关系了。事实上，笠翁在《词曲部》中所提出的"脱窠臼""意取尖新"两个主张，即多少说明了戏剧中的想象性。古人称剧本为"传奇"，就是因为其中的内容、情节，实包含着高度戏剧性的新奇。而如果缺乏了想象力，又何能致此？一个剧作家的想象力，首先便须表现于"脱窠臼""意取尖新"的创新本事。我们常讥笑只会模仿因袭的人是"东施效颦"，其实东施的容貌，未必真丑于西施，只因为她效颦于人，遂蒙千古之讥了。笠翁评论当时的新剧，即不客气地指出，它们只不过是老僧碎补的衲衣，东贴一片、西凑一块而已，根本不配称为新剧。所以，就一部戏剧来说，大至一个故事的构想、主题的确立，小而情节的穿插、字句的运用，无不取决于剧作家的想象。

3 思想

有了真诚的情感、丰富的想象，如果没有思想的撑持，一部再热闹、再曲折的戏剧,也必然是言之无物的。一个有思想的剧作家,才能在人生熙攘纷纭的事相中,慧眼独具地看出它们的意义。同时也才能在悲欢离合的戏剧里,一秉初衷地寄托自己的人生理念。一部戏剧的动人,来自它的情感;而兴味的高低,或许得取决于想象的丰瘠;至于是否有深度,那就只有决定于作者本身的思想了。

笠翁是一个经验丰富而用心尤深的剧作家,他当然能体会到这一点。不过他既出身于士大夫的阶层,在那种传统保守的社会里,自然也摆脱不了儒家"文以载道"之说的影响了。他因此深深地相信,传奇这种东西,从前的人之所以拿来代替宣扬教化的"木铎",那是因为一般的愚夫愚妇,知书识字的实在不多,要使他们趋善戒恶,实在找不到很好的方法,只有透过戏剧的传达,让演员来说法给大众齐听了。剧中人物与现实人生,本就息息相通,而善者如此收场、恶者如此结果的情节,在潜移默化之中,自然会教育舞台下的群众。这种讲求教化功能的戏剧观,即是笠翁坚持的信念。从他自创剧《比目鱼》中的收场诗"迩来节义颇荒唐,尽把宣淫罪戏场。思借戏场维节义,系铃人授解铃方",我们更可以见到笠翁执持信念,进而付诸实行的情形于一斑了。

不过笠翁并不是一个道学家,他当然更知道,把刻板的道德诙谐之处,包含绝大文章,使忠孝节义之心,在旁衬假托之下,更加突显出来。他同时更主张在戏剧里,绝不可有一丝一毫的"道学气"。非但风流跌宕之曲、花前月下之情,要以板腐的毛病为戒,就是大谈忠孝节义、倾吐悲苦哀怨的情节,也应当"抑圣为狂,寓哭于笑"。

五、科诨问题

所谓"科诨",就是插科打诨的意思。事实上,一个逗笑的小动作、一句幽默谐趣的对白,在整个戏剧中所占的分量,可能并不很重。但是戏剧的价值,本在于搬演,而如果希望能雅俗同欢、智愚共赏,就必须在这种地方下功夫了。否则就是文字再精彩、情节再曲折,一缺少了插科打诨的点缀调剂,不只是俗人怕看,恐怕连雅人韵士,也免不了要打瞌睡了。编剧者的功夫,就全表现在是否善于驱除睡魔。因为睡魔一来,则后面的剧情,不管多么引人入胜,也都不闻不见了。更何况每部戏的高潮精彩之处,总是在下半段的居多。其中只要三两个瞌睡,整个剧本的神情,便拦腰截断了。等到瞌睡醒来,上文下文已不接续。即使勉强打起精神再看,也只能断章取义地作零头戏欣赏了。由此看来,科诨可以说是看戏的人参汤,而不仅止于穿插逗笑。养精益神,使人不倦,就全在于此,又怎能把它当小道看待呢?不过一般人由于认识不清,总难免会有一些错误的观念,笠翁因而提出了几点意见,来作为大家的参考。

1. 戒淫亵

为了迎合一般世俗观众的口味,戏剧的演出往往会穿插一些低俗不堪的科诨。甚至有房中都说不出口的话,却在场上公然腾播。在这种情况下,不只是雅人为之塞耳、正士因而低头,唯恐淫声浪语污其听闻。更糟糕的是，男女共聚一处，而场上春光引人，难保不惹出无穷是非。事实上，科诨的用意，只是逗大家笑乐，作为戏剧演出中穿插提振的引子而已。而人间的戏语尽多，又何必专谈欲事呢？更何况要谈欲事，也还有"善戏谑兮，不为虐兮"的方法可用，实在不必以口代笔，好像非描出一幅春意图，不足为善谈欲事者似的。

那么，究竟如何来处理这种问题呢？笠翁认为或者用歇后语的方式，譬如说一些尽人皆知的口头俗语，则说半句、留半句，让人家自己去思索咀嚼未说出的部分。如此，欲事不必挂在口头，而观众却在含蓄中别有会心了。另外也可以用比喻的方法，那就是借其他事情加以比喻，言虽在此，而意实在彼，使一些不适合公开畅言的话，因此而不言自喻。除了以上两种表达的方法，剧作家当然还可依此类推，举一反三。

2. 忌俗恶

科诨既为戏剧所不可或缺，则剧作家为了一部戏的精神兴味，固然在安排上会注意到科诨的穿插处理；即使演员在舞台上，也必然会使出浑身解数，利用一些逗乐的言语动作，来吸引观众的欣赏。不过，分寸如果拿捏不准，则很容易流于粗鄙下流。原来希望借此引人入胜的，恐怕反要让人如坐针毡、作呕三日了。所以笠翁认为科诨之妙，在于近俗；而所忌讳的，又在于太俗。因为不俗则类腐儒之谈，文绉绉的没有一丝趣味；太俗又非文人之笔，原形毕露地不带一点含蓄。

事实上，一般人也确实不知道轻松幽默为何物，有时往往会因自己的油腔滑调、低俗刻薄而沾沾自喜。戏剧在我国传统社会

闲情偶寄：艺术生活的结晶

中属通俗艺术，而作家与演员的水平又参差不齐，则其俗恶也就无可避免了。笠翁即认为近人戏剧之中，能够达到俗而不俗的境界的，大概除了汤显祖的《还魂记》之外，就只有吴炳的"粲花五种"了。毕竟剧作家能使全场逸趣横生、笑乐不断，而又不破坏戏剧完美艺术价值的，到底不是一件易事啊！

3. 重关系

"科诨"二字，不只是为戏中的小角色而设，通场角色，事实上都不可少。生旦有生旦的科诨，外末有外末的科诨。不过净、丑这类角色，在场上原本扮演穿插帮协的性质，科诨自是他们分内的事，编排起来当然并不困难。至于生旦的科诨，那就困难太多了。因为是戏中的主角，要兼顾他们的身份与场中的气氛，必须雅中带俗又于俗中见雅，一点也不能落于板滞或轻佻。

在戏中科诨贯串全场，使不致冷清，而又能贴切每一个角色的身份，虽说是一件困难的事，到底还不至于太棘手。真正困难的是，科诨并不只是用来逗笑而已，其间应有某种关系存在。那就是逗笑的里层，还要有更深刻的用意。在嬉笑诙谐之处，包含绝大文章，使忠孝节义这些做人处世的道理，因此而更加彰显。譬如老莱子舞斑衣，从娱乐来说，当然确也够逗人了。但从另一个角度来看，七老八十的老莱子，肯于像顽童般地斑衣起舞，原有一个更崇高的动机存在，那就是孝亲娱乐啊！

4. 贵自然

科诨虽是戏中不可或缺的东西，却不能刻意塑造。如果一定要在某一折戏里，插入某一段科诨，或是预先设计好某一段科诨，一定要插入某一折之中，那就好像是觅妓追欢、寻人卖笑一般，笑既不真而其为乐也恐怕未必了。因为科诨之妙，原就妙在于能够水到渠成、天机自露。我本无心说笑话，谁知道笑话却逼人而来，苟能如此，可以说是科诨的妙境了。

据说在汉武帝时，有一个善于看面相的术士，对皇上阿谀说："陛下人中长一寸，应当可以享寿百岁。"东方朔忍不住就当场大笑了起来，负责秩序的官吏认为这是大不敬的罪过，奏请皇上论处。东方朔回答道："微臣并不是笑陛下，而是笑彭祖啊！因为既然人中一寸，则寿百岁，那么彭祖活了八百年，人中岂不是要长达八寸了吗？而人中长八寸，依照正常人的比例，脸孔恐怕要有一丈长了。"武帝一听，同样也忍俊不禁，而术士那一套胡诌的话，当然就失掉效力了。这中间必先亲听了人中一寸、寿当百岁的说法，而后彭祖面长的笑谈，乃能呼之欲出。笑谈之间，感悟人生，全都在自然而然下达成，不带一丝一毫勉强，这可以说是科诨贵自然的一个典型例子。剧作家希望借科诨来增加戏剧效果，正应该从这种地方去体会揣摩才是。

以上几点意见，都是笠翁对科诨的看法，认识既透彻，持论也异常高明。不过如果拿他实际创作的戏剧来观照的话，却不难发现，这些作品总不出男女私情。大概写来写去，都是些阴错阳差、离奇颠倒的情节，似乎并不能跟他的理论相印证。或许这是笠翁太顾虑戏剧之演出性质，以至于流为声色之娱、视听之乐的闹剧吧。近人吴梅即认为：笠翁戏剧科白排场的工巧，可以说是当代作家所共同承认的，不过其中却偶尔有"市井谑浪之习"，这当然是一件美中不足的憾事啊！

六、搬演问题

　　笠翁戏剧论之不同于别人的地方，在于他本身拥有丰富的经验。任何一个立论、一点意见，都是他累积长年编剧及演出心得的经验之谈。其中《演习部》所讨论的各项问题，尤其是笠翁心血之所在。历来论戏剧的人，很少有注意到这方面并进而加以讨论的。细读笠翁所列"选剧""变调""授曲""教白""脱套"五项，实可归纳为剧本与实际演出两大课题，兹就所论列各项，综合分述于后。

　　1. 剧本问题

　　笠翁一直深信剧本的写作，是专门为演出用的。剧本的好坏与演出的成败，事实上有着不可分割的关系。笠翁之所以论演出的工巧，而首先即重视选择剧本的问题。就是怕剧本选得不好，那么主人的心血、演员的精神，都要平白糟蹋了。笠翁甚至还直率地指出，剧坛上瓦釜雷鸣、金石绝响现象的造成，绝非优师歌者的缺失，而完全是编剧作家的责任。如果有一两个主持风雅的人，能有所担当，不怕开罪作者，凡是见到这种既乏真情又无头绪的剧本，或者是抛开不点，或者是还没演完，就当场叫停，如此一来，上有憎者，自然下必有甚焉者了。看戏的人门槛高了、要求多了，则演员不敢乱选剧本，而剧作家也就更要认真编剧了。至于如何选择剧本，笠翁提出了以下两点看法。

　　（1）别古今：选择剧本来教授歌童，应当从旧剧开始，等到学熟了，再间采新戏来教，切勿先今而后古。为什么这样说呢？因为剧场老师教曲的时候，知道旧剧是人人熟悉的，稍有错误，即分出短长；而新戏刚推出，就是有所破绽，观众也未必尽晓，自然加工于旧而草率于新。又何况旧剧辗转相传，经过无数名师的演习，必然是精益求精，偶有不妥当的地方，也早已润饰更正。所以学戏的人，人手要高，训练要严，必当以旧剧为宗。而旧剧之中，以《琵琶记》《荆钗记》等几部音乐腔板最正。能把这些曲唱好了，以后再学别的，就无往而不利了。旧剧既已娴熟，便须加上新戏。切勿听拘士腐儒的话，认为新戏不如旧制，遂一概弃而不学。其实初学选古剧，只是着重在音乐的条件。如果就实际演出来说，新戏反而更有鲜活、离奇的吸引力，它的音乐也往往会让人耳目一新。不过旧剧历时久长，已经过一番自然的淘汰作用，保存下来的作品，可以说都是有着相当的水平。新戏陆续推出，良莠杂陈，一时之间，仍很难有个公论，所以学习新戏一事，是无可置疑的。但必先经过通文理的教曲优师与识乐曲的文人墨客相互参酌讨论，彼此认可，然后才可用来作为教习的题材。

（2）剂冷热：笠翁分析当时剧坛的情况，认为一般人所崇尚喜爱、优伶所乐于学习的，完全都着重在"热闹"俩字。似乎比较偏于文雅冷静的戏曲，反而受到他们的冷落排斥乃至深恶痛绝。当然，如果说戏文确实太冷清了，而其中的词曲又过于文雅，本来就会令人生倦，这可以说是作者自取厌弃之果，并非演员、观众们有意置之于此的。不过戏剧之中，却尽有外貌看似冷淡，而内容实极热烈真挚，或是文章虽极雅正，而情事却极为通俗近情的。这些只要再稍微润色一下，便不难成好又叫座的剧本了。又如何可以不稍作分辨，就全将它们冷落一旁呢？

· *087*

其实就编剧的原理与演出的感受来说，笠翁认为传奇的所谓冷热，并不重要，重要的是它本身是否合乎人情。譬如说一部戏的离合悲欢，全能贴切人情，那么，随着剧情的起伏变化，观众的情绪必然被紧紧抓住，时而欢喜，时而发愁，时而扼腕。即使鼓板不动，没有半点热闹的气氛，观众那种屏息专注的热切，恐怕是要有过之而无不及的。否则就是满场杀伐、钲鼓雷鸣，热闹到了极点，而毫无情节、用意可言，观众说不定掩耳避喧都还来不及呢。足见冷中之热，要胜于热中之冷，而俗中之雅远逊于雅中之俗啊！

为了奠定演员学戏的基础，同时提升戏剧的演出水平，当然需要慎选剧本。只是人情事理，今古如一，剧本要数量与创意兼筹并顾，事实上是有所困难。笠翁于是积无数的创作经验，权衡再三，而创为"变调"之法。所谓变调的意思，就是变古调为新调，亦即镕裁旧剧而为新剧。天底下的事物，没有不随时更变的。因为变则新、不变则腐，变则活、不变则板。戏剧之道，更是新人耳目的事，正如玩花赏月一般。假使今天看的是这种花，明天依然是这种花；昨夜对的是那样的月亮，今夜又复面对那样的月亮。不要说我们会厌倦其旧，就是花与月，恐怕也会自愧不新了。所以自然就是如此的奥妙，桃花渐老，则李花已含苞待放；月圆之后，便日益瘦损。循环更变，而宇宙间也就荡漾无限生机了。花月无知，尚且能够自变其调，则有情之人笔底下的戏剧，又如何可以墨守成规、任凭老旧呢？学书学画的人，贵在于仿佛神似，而细微曲折之间，正不妨稍作增减出入。否则通篇描摹，虽说一线不差，却终究缺少了天然生动的趣味。笠翁深知创调的困难，乃设想出变调之法，可以说是非常切合实际的。至于有关变调的方法，笠翁也提供了两种参考。

第一，缩长为短：戏剧的演出时间，适于夜晚而不宜于白昼。一般认为理由有二：首先是戏剧的情节，往往多属虚构，原就妙在真真假假、隐隐约约。夜晚灯光朦胧、幻影滋生，正可与戏剧散诞曲折的气氛相激荡配合。白昼景色分明，似乎一切事物，在此昭然之下，都无所遁形。如此，以理智求证之眼，来观看离奇的戏剧，效果自然要大打折扣了。其次是白天的时光，每个人都各有当行本务。夜晚作场唱戏，既无妨时碍事的顾虑，也就主客心安了。戏剧宜于夜晚演出，虽无疑议，但夜晚宜于演戏的时间，却非常有限。所以一部好戏不愿分两三个晚上来演，隔断神情免不了要惨遭"腰斩"之刑了。而就新戏的整体效果来说，与其长而不终，还不如短而有尾。剧作家在将剧本交付演员的时候，必先提示他们可长可短的方法。情节可作省略的几折，另外作上暗号。遇到清闲无事的观众，就增入全演，否则不妨去掉不排。不过一定要注意的是，懂得减省之法，也还得谋求增益之方。最好能在删掉的折数之下，另外增加几句话，将省略的情节，稍作交代；或者在要删掉的折数之前，便预下几句伏笔。如此一来，则省略的几折，虽去若存，而没有断文截角的毛病了。譬如说昨天某人来说某话，我如何答应；或是明天当派某人去做某事这一类的话，虽说是寥寥几字，却可以将前后情节的一部分，浓缩在简单的对白之中，而使全剧达到缩短演出时间又不致影响剧情的目的。传奇出数往往多达数十，全本太长，零出则太短，在实际演出时，确有诸多的不便。笠翁便曾经想模仿元剧那种精简的体裁，而又稍作扩张，编撰十折一本或十二折一本的新戏，以利演出之用。这样的构想可以说既新颖又实际,只可惜笠翁也仅止于构想而已,并没有真正付诸实现。

第二,变旧成新:演新剧如看时文,它的妙处在于闻所未闻、见所未见;演旧剧则如古董,特殊的地方乃在于身生后世、眼对前朝。但是古董之所以值得珍爱,实在是因为它的体质愈陈愈古而颜色外形则愈变愈奇。譬如说铜器、玉器在完成之初,只不过是件刮磨光莹的东西罢了。等到历时既久,原来刮磨的地方,早浑然无迹,而当时的剔透光莹,更已斑驳成纹了。所以人人争相宝爱,并不是宝其本质如常,而是宝其能新善变啊!否则,如果它们丝毫未变,犹然是当年刮磨光莹的一件东西,与今天新造的几无二致,又何必费十倍百倍的价钱来购买呢?旧剧之值得珍贵,也应该是如此的。然而今天的梨园,若购得一部新剧,则因其新而更新之,饰怪妆奇,往往不遗余力。至若演旧剧,则总是陈陈相因,如出一辙。观众就好像听小孩子背书一样,只有欣赏他们的滚瓜烂熟,想要找到一丝一毫新鲜的变化也不可得。如此,则是古董便为古董,却不曾易色生斑,依然是刮磨光莹之物而已。我们如果拿刚新造的赏玩,至少也还觉得耳目一新,又何必非当个村学究,去听无知小孩一遍又一遍地背书呢?

但是要如古董般的生斑易色,可不是一件容易的事。笠翁依他的经验体会,提出了"仍其体质,变其丰姿"的原则。正如一个美人,只要稍稍变换一下衣饰,便足以令人改观了。不一定非要变形易貌,然后才知道她的另一神情风韵。那么,就戏剧来说,什么是体质、什么又是丰姿呢?所谓的体质,指的是戏剧中的主要架构与唱词;至于丰姿,则是指的逗笑的科诨与较其次的说白。唱词往往是一个剧作家呕心沥血的结晶,原应常留天地之间,我们既不容易也不应该妄加改动。关目是一篇剧本的主架，全剧情节的开展完全靠它来支撑。若做某种改变，势必会牵一发而动全局，造成全面的问题。科诨与较其次的说白，则不可不做改变了。因为大凡人之做事，贵于见景生情。而世道迁移、人心非旧，当日有当日的情态、今日有今日的情态，原就无法相提并论。戏剧既妙在于入情入理，那么，就是作者至今健在，也必然会使他剧本中的情态与世迁移。绝不会故意胶柱鼓瑟，而拂违听者之耳。更何况旧剧在脱稿之初，当然是能令人耳目焕然的。但是一经传播搬演之后，便慢慢会让人有听熟之言、难于再听的感觉了。作者若是仍在，恐怕亦未必不自厌其繁而亟思陈言之务去呢！我们能易以新词，又重新透入世情三昧，则虽观旧剧，却是如阅新篇。作者地下有知，大概也会感谢我们赋予他旧剧的新生命吧？笠翁基于如此的体认，即曾增订《琵琶记》、正《明珠记》并痛改《南西厢》，且"业经词人谬赏，不以点窜为非矣"。不过也正因为有着这样实际的经验，笠翁警告改剧的人，千万须点铁成金、不可画虎类犬。尤其须选择旧剧中可增者增、当改者改，万勿故作知音、强为解事，以致糟蹋了原剧，而令观众当场喷饭。

2. 实际演出

由剧作家之手到舞台上的实际演出，中间可以说仍是千头万绪。因为剧本是平面的、静态的，而演出是立体的、动态的。它们之间彼此转化的过程，牵涉很多实际的问题，这些要勉强说来，或多或少都属于导演一事。由于传统戏剧一向重"听"轻"看"，笠翁在这方面只列了"授曲""教白""脱套"几个专项，而对于姿态动作的指正说明却少有论及。

闲情偶寄：艺术生活的结晶

（1）授曲：传统戏剧重于唱腔的欣赏，一般剧作家在这方面，自然也格外费神留心。不过音乐的美，可以说是一种相当抽象的艺术。笠翁虽说生平制作，塞满人间，对于声音之道，却也不敢就说已通盘了解了。只是业精于勤，任何技艺都是如此，譬如山中居民往往善于攀爬、水边住户则大都精于泅涉，即因长期的磨炼使然。一个剧作家填过数十种戏剧唱词，又经优人实际歌演，濡染揣摩之下，何者拂耳粗疏、何者娱神动听，自然渐能掌握。俗话说得好："耕当问奴，织当访婢。"积多年的编曲经验，笠翁很愿意以一个"曲中之老奴，歌中之黠婢"的身份提供一些参考意见。

首先，笠翁认为授曲之际，最主要的是必须"解明曲意"。因为唱曲宜有曲情，否则只是念歌诵经一般，如何感动人心。所谓的曲情，指的便是曲中的情节。能解明情节、知道它含义的所在，那么唱出口时，便俨然这种神情。问者是问，答者是答；悲者黯然魂销不致反带喜色，欢者怡然自得而不见稍有愁容。各种不同的感情心境，都随着歌曲的高低抑扬，淋漓尽致地表现了出来。但是一般唱曲的人，往往终日唱此曲、终年唱此曲乃至一生唱此曲，却始终不知道此曲所言何事、所指何人。如此，只是口唱而心不唱，口中有曲而面上身上无曲，那就是所谓的无情之曲了。即使腔板极正、吐字极清，终是第二、第三等词曲，不能算是登峰造极的技艺。要想将曲唱好，一定要请明师讲解曲意，等到心领神会以后，再注意其他有关的音乐的枝节。而唱的时候，务必要融入自己的感情，以精神贯穿其中。使曲里面的情意，得以惟妙惟肖地传达出来。能够做到这样，那么同样的一首曲子、同样的一个歌者，却判然有别了。转腔换字之间，似乎便别有一种声口；而举目回头之际，也自然是另一副神情了。

其次，笠翁指出：学歌除了调平仄、别阴阳，更重要的是必须掌握出口、收音的诀窍。任何一个字，都有头、尾两部分。头即出口、尾即收音。而在尾后又有余音，以作收煞之用。以今天的注音符号来作说明的话，譬如吹箫的这个"箫"字，注音为"xiɑo"，字头便是"x"、而字尾则是"iɑo"；至于尾后余音，只要将"iɑo"音拉长来读，就知道它应该是"u"了。所有的字，无不皆然。这种区分，对歌唱实有莫大的意义。尤其我国的戏曲，大都着重韵味，一个字往往占一板乃至数板。试想在拉长的声音中，如果不将一个字略作分段，那将何以为继？所以教曲之事，必能"调熟字音"。不过又得注意，字头字尾及余音在唱曲之中，最好隐而不现，如此才能造成余音绕梁、绵长悠远的韵味。否则，发音太重或刻意去强化它们，便成了三个毫不相干的字眼，反使歌词隐晦不彰了。

唱曲的目的，并不仅止于音乐而已。就戏剧来说，应该是作者认为值得再三吟味的地方，才以歌曲来表达。使文字的意义，在音乐的陪衬补助之下，更加突出。否则，唱起曲来，出口不分明，有字若无字。虽唱完了一曲，而听的人却只闻其声、不辨其字，岂不令人烦闷？这样跟哑巴唱曲，又有什么两样呢？所以在演员开口之初，就得先净其齿颊，训练他发音吐字。使出口之际，字字分明。然后再学习音乐腔板的技艺，那就不异点铁成金了。这是笠翁所深切注意的问题，而"字忌模糊"一事，也确实是当时演员的一记当头棒喝。

另外，教曲的人还必须考虑到"曲严分合"的问题。我国的传统戏剧中，元杂剧的演出是以男主角或女主角一人独唱全剧为

· 093 ·

闲情偶寄：艺术生活的结晶

方式；明以后的传奇，由于出数增多了，所以在演出的方式上，就有了独唱、合唱的区别。笠翁认为传奇之中，必须依照内容、题意，作明确的分辨，独唱的曲子固然不可以混声合唱，合唱的曲子也不应该由一人独撑大局。因为随着剧情的需要，有的曲子宜于幽冷清扬、各具面貌；有的曲子则适于炽热和融、齐声朗唱。而除了以音乐的不同性质，来合理诠释曲折变化的剧情，同时就舞台演出的实际效果来说，独唱、合唱的交叠运作，也比较不会流于单调枯燥。不过笠翁却眼见当时的剧场，往往由于疏忽粗略，而一片混乱。譬如《琵琶记》里《赏月》这一出戏，从"长空万里"到"几处寒衣织未成"的一段曲文，一般人都把它当作合唱之曲，谛听起来，如出一口，几无高低断续的痕迹。事实上，这一出戏的妙处，全在于共对月光、各谈心事。曲既分唱，身段便可以分做，是凄寂清淡之内，原自有它的波澜变化在。现在一经合唱，声音、身段必求配合，当然便无所见其情，也无所施其态了。其他剧本亦然，授曲的人于此，自可以举一隅而反之以三。

同时值得注意的是，戏场上的锣鼓，乃筋节所关，整个舞台上的气氛、节奏，完全借此来控制。所以无论是当敲不敲、不当敲而敲，或者是宜重而轻、宜轻反重，都足以使整部戏减色不少。其中最忌讳的，那便是在戏剧情节最紧要的关头，忽然间被锣鼓声打断了。譬如说在对白还没结束或曲调才刚要唱起的时候，却横敲乱打，以致掩盖了演员的声音。打断曲文，或许尚情有可原，但抹杀贯串剧情的宾白，却是情理难容。笠翁本身看戏时，常见到这一类情形，所以才特别提出来讨论。另外，他也指出常有一出戏将了，只剩下几句宾白未完，但这几句宾白，却是关键所在，而戏房锣鼓早已不耐烦地在一边催促收场了。如此一来，锣鼓喧嚣，演员的对白，说与不说都无两样。而观剧半天，就因而功亏一篑了。"锣鼓忌杂"这一点，虽然并不是什么了不起的道理，由以上的说明看来，却也不能小看它呢！

　　与"锣鼓忌杂"同一用意的，还有"吹合宜低"这一点，它们可以说都是针对乐声不可盖过人声的原则而发。我国的传统戏剧，将弦乐、管乐以及人声合之而用的，并没有太久的历史。笠翁认为这种丝、竹、肉三籁齐鸣的方法，未尝不佳。但必须以肉为主，而丝、竹为辅，如此才能渐近自然，有主行客随之妙。至于一般舞台上，戏房管弦演奏的声音，高过场上歌唱的曲声，似乎反以丝、竹为主，而曲声和之，则观众变成为听鼓乐而至，不是为欣赏歌声而来的了。大概从来授曲的人，在教唱的时候，往往以箫笛代口，来引导歌者唱曲。久而久之，便成为一种习性。即使到了舞台之上，也还是不知不觉地随着乐器，不能自主独立。所以笠翁主张在平常习曲歌唱的时候，有伴奏固唱、无伴奏亦唱，而最好能摆脱对乐器的依赖性，以不靠伴奏歌唱为主。就好像小孩子学走路一样，开始时似乎没有倚靠墙壁的话，便寸步难行了。等到步履渐稳，就应该让他独自练走。而到了最后，既已奔跑自如，虽再见到墙壁，也不愿扶靠而行了。

　　（2）教白：一般教习歌舞或是登台演出的人，都认为唱曲难而说白容易。在他们的观念里，宾白不过念熟了就是；曲文则必先念熟而后再唱，且唱又必经数十遍而始熟，是则唱曲与说白的难易，简直判若霄壤了。虽说时论如此，笠翁却独持异议，以为唱曲似难实易，而说白似易实难。知其难者始易，视为易者必难，这是一般人最容易忽略的了。事实上，唱曲的高低抑扬、缓急顿挫，都有一定不变的格式。曲谱既记载分明，而师傅也授受

闲情偶寄：艺术生活的结晶

严格。久之成习，自然不致逾越规矩。至于说白的高低抑扬、缓急顿挫，则无腔板可按、谱式可查，只靠曲师口授，其间便难免说法纷纭，乃至以讹传讹了。大概梨园之中，善于唱曲的，十人中总有二三；而工于说白的，却往往百无一二。且凡是工于说白的，不是本人能读书通文理，就是他的曲师能了然文义。因为唯有真正领会到文字背后所蕴含的感情，才能贴切地掌握对白的高低抑扬。由于一般人对于说白的认识不清，所以笠翁才提出了一些个人的意见，希望能有补于实际。

　　大抵教白之事，首先必须讲究宾白的"高低抑扬"。因为宾白虽属常谈，其中却也具有至理。寻常人讲话，明理的一句可当十句，不明理的十句抵不过一句，那是不能掌握重点的缘故。宾白固然可以事先编好，而如果说得不得法，却也同样不能掌握重点。进一步做分析，则念白正好像请人传话、教之使说一般。善于传话的以之成事，不善于传话的以之害事。宾白有高低抑扬，但到底何者当高而扬、何者当低而抑呢？事实上，宾白也一如曲文，其中有正字、有衬字。遇到正字时，必须声高而气长；而如果遇到了衬字，就应该声低气短、急忙带过了。更推而论之，一句有一句的主客，一段有一段的主客。主客抑扬分明，那么宾白的意思就很容易掌握了。譬如说呼人取酒来、取茶来，重点全在于茶、酒二字，所以茶、酒二字便是正字，其声必高而长；取、来二字为衬字，其音必低而短。又如《琵琶记》中描写男女主角分别时的一段对白："云情雨意，虽可抛两月之夫妻；雪鬓霜鬟，竟不念八旬之父母。功名之念一起，甘旨之心顿忘，是何道理？"前面四句之中，首二句是客，用以作为次二句的陪衬，宜略轻而稍快；次二句是主，宜略重而稍迟。功名、甘旨二句，亦复如此。

以上所论，都是教白中讲究抑扬高低的方法，明白了这些，自然就不会含混模糊，不知所云了。

分析了"高低抑扬"之后，便要进而讲求"缓急顿挫"了。一般曲师点剧本以授歌童，只求一句一点，使知在语意完结的地方，略作停顿，不致断者连而连者断，就已经很不错了。殊不知场上的说白，却尽有当断处不断，反而到了不当断处忽断；当连处不连，忽然到了不当连处而反连的情形，这就叫作缓急顿挫。其中微妙，可说是只能意会，不能言传。如果要勉强加以解释的话，或许只能说，这一切都以文意为主。大约两句三句而只说一件事的，虽然依照点断，应该有两三处间歇，但实际念起来，最好能一气赶下，中间断句的地方，不要太过迟缓，免得语意阻顿了。至于一句话讲一件事，而下一句又提到别件事的，就宜稍作间歇，以免内容混淆了。古人为文，不作点断，而读书时的点断，也不够明细。今天，我们的标点符号，已经有了清楚细微的分别。以此来衡量笠翁之所论，则当断处不断的问题，或许就是今天符号中顿号"、"之所在了。至于标点区分不明显，念起来却必须截然划分的，那就牵涉对文意掌握之后的读诵问题了。

（3）脱套：戏场上往往有一些极为鄙俗的情事，却偏偏不会遭到唾弃，反而竞相仿效、蔚为习套。西子捧心，尚且不可以模仿，更何况是去学东施之颦呢？戏剧之所以能引人入胜，全在于它出奇变相、无法悬拟的戏剧性。如果形成了俗套，人人如是、事事皆然，那么舞台上还没演出，我们早已料着，可忧的既不觉可忧、悲苦的也不觉其为苦了。即使能让人发笑，也是笑它的雷同别剧，绝非有什么新奇莫测的情节，会使人欣喜雀跃的。所以笠翁认为能扫除这些不合理的成规，也算是拔除眼中钉，为戏剧造福了。

笠翁指出了当时剧场上的几项恶习,而首先即列"衣冠恶习"这一项。笠翁就他自己小时候看戏的记忆,大凡遇到秀才赴考或是谒见当道贵人的时候,都是穿青素圆领,不曾有穿蓝衫的。近三十年来,则蓝衫与青衫并用了。甚至慢慢还演变成了这样的分别:凡是正生、小生以及外末角色之为君子者,照旧穿青圆领;净、丑角色而为小人者,就穿着蓝衫。事实上,青衫、蓝衫两种,都是古人所谓的"青衿"。以贤愚而论,应该是要身为圣人之徒的才能穿着;以贵贱而论,则必须是缙绅之流的才可穿着。但是剧场上,它却沦为净、丑小人的服装了,那岂不是要让士子蒙羞、斯文扫地了吗?另外,笠翁也认为当时舞台上用来表演歌舞的衣饰,实在是太过于穷奢极侈了。当然,娱乐怡情的物品,似也不必过分俭朴,但总得合乎人情世理。譬如说妇人的服装,贵在温柔;而一般演员穿着的舞衣,却坚硬如盔甲。只为了铺张竞胜,便层层装饰糊裱,弄得完全走样。又如戏台上的服装,飘巾儒雅风流、方巾老成持重,同为读书人的装饰,而以之分别老少。笠翁却指出当时的梨园,每遇穷愁患难之士,即戴方巾,随意改换,也似乎没什么依据。凡此种种,皆笠翁所认为是剧场上"衣冠恶习"而应该改正的。

除了"衣冠恶习",笠翁也指出了另一种弊病,那就是"声音恶习"。就戏剧的演出而言,花面这种次要角色,声音宜杂,譬如说他们可以讲各种不同的方言并作一切可憎可厌的声音。这些无非是要引人发笑、造成戏剧的气氛而已。不过其间也要有一定的分寸,不能随意妄为。一般说来,原则有二,一是从人的因素来衡量,如剧中人是吴人,则作吴音;是越人,则作越音。二是以地点来作考虑,如在吴演戏,则作吴音;在越演戏,则作越音。

但令笠翁百思不解的是，当时剧场上的通习，却是无论在南在北、在西在东，也不管剧中人是生于何地、长于何方，只要是花面角色，就作吴音。花面是戏剧中较次要的角色，而当时梨园人物，大都为吴人，以花面作吴音，岂不是不自争气，偏要自暴其丑了吗？又何况三吴的方言，也只能通行于三吴。在外地演出，人多不解。以花面作吴音，原是想引人发噱，结果反而令人茫然，可以说是失策到了极点。所以就演出效果来说，花面所使用的语言，最好一如生旦外末，都作官话。尽量以话的内容来逗笑，不必故作方言。而即使要作方言，也应该随地转换，如在杭州，就学杭人的话；在徽州，便作徽州方言。使妇人、小孩，都能听得懂，如此，则识者众而笑的人也就多了。

再次，"语言恶习"也是剧场中常见的毛病，譬如对白中的"呀"字，乃是用以表示惊骇的一种声音。大概料想中并无此事而突然间遇到了，或者一向未见其人偶尔碰到了，就用这个字开口，来表示自己惊讶的心情。但是梨园中不了解它的用意，每见到一个人、碰到一件事，无论意中意外、久逢乍逢，都用这个字开口。甚至更滑稽的是，明明是自己差人请客而客至，也装腔作势地大作"呀"声。其次，剧场上惯用的还有"且住"二字。这两个字有两种用法，其一是用在相反的两件事情当中，作为过文。譬如正说此事，忽然又想到了彼事，但彼事与此事，并没有太大的关联，势难并行，因此就先用这两个字截断前言并引起彼事。再则是心上有所犹豫，迟疑不能决定，就借此以待沉吟。而梨园恶习，却是不问是非好歹，开口说话，就用这两个字。甚至有短短一段宾白之中，居然连用数十次"且住"的。这些都不是能深切掌握字义，即率意袭用的结果。只要有人加以点破，自然就不会有那么多重

闲情偶寄：艺术生活的结晶

蹈覆辙的事例了。又就传奇的体例来说，上场引子下场诗，乃是一部传奇的首尾。尾巴之后不能增尾，就好像头顶上不可以再加头一样。但是笠翁当时的剧场新例，下场诗念完之后，却仍不落台，总要画蛇添足地再讲几句没多大意义的话，以致原本极紧凑的戏文，反而为之宽缓松懈了。这可以说是积习中之最不可理解的了，如果不能火速将它革除，那么充斥剧坛的，就难免都是续貂的狗尾了。

最后，笠翁还提出了一项"科诨恶习"。大概插科打诨，既是优伶不登大雅之堂的逗乐手段，则率意施为，陋习更多，可说是革不胜革了。譬如说演两人互相殴打，一胜一败，这时有人来劝解，一定是变成了被殴者走脱，而误打劝解之人。又如主人偷香窃玉，原来与他有不正常关系的馆童吃起醋来，则必然是说"寻新不如守旧"，说罢以臀相向。类似这种情况，科诨的恶习实在是不胜枚举。

以上所论"授曲""教白""脱套"几项，都是笠翁针对剧本实际演出的意见。综括来论，这些意见大致是偏向"听"的一方面。有关姿态动作这方面"看"的意见，大概只有在七卷《声容部·习技第四》"歌舞"项下，约略有一些说明。笠翁认为演员在舞台上的姿态表情，既是一种模仿的行为，当然不能不有所勉强。不过虽是经由勉强造作的手段，来达到戏剧扮演别人的目的，却也要不断揣摩演练，使一举手、一投足之间，又能尽量接近自然。我们如果再进一步分析的话，那么生有生态、旦有旦态，外末有外末之态、净丑有净丑之态，必须各具面貌、不相混淆。而如果是男演员扮旦角，就必须扭捏作态，不扭捏便不足以肖妇人。但是若由女演员扮饰旦角，则妙在自然，切忌矫揉造作。否则一经造作，就反让人觉得像是男演员在反串了。说到这里，或许有人会问：由妇人扮演妇人，当然是最自然不过的了，又何必担心什么造作呢？事实不然，因为大凡妇人登场，总难免会有一种矜持的心态。自视为矜持，而在别人看来，则已经是造作了。所以首先要让她们在演出时，只作家内想、勿作场上观，能够一如家居生活般地顺畅自然，那就可以改掉矜持造作的毛病了。其次更要建立起正确的舞台观念，那就是一个演员的荣誉光彩，完全在于他演技是否成熟。凡能设身处地，揣摩神情，会获得观众的肯定。反过来说，如果只为了顾及自己的妙龄佳姿，不愿意为剧情需要而改变形象，结果恐怕求荣反辱，为观众所不能接纳了。

七、批评问题

笠翁的戏剧论中，虽然没有整体的批评系统，但是对于时代、作家、作品的优劣，却也偶尔稍置一语。有关戏剧的论说，已如前面所述。现在再剥茧抽丝，将他的批评文字稍作整理，或许可以从其中略见端倪，而为其戏剧论的佐证。

1. 对元代戏剧的批评

元代戏剧是中国戏剧历经长期酝酿，而后千呼万唤始出来的。由于元朝社会清新、自由而浅俗的特殊背景，它因此而在戏剧的广大群众性这一方面，有着相当卓著的表现。但就一种初次成形的文学体裁来说，它当然也会有着某种程度的不足。笠翁在戏剧

闲情偶寄：艺术生活的结晶

理论上已有他自己完整的一套系统，而以之批评元剧，自然是有褒有贬了。

（1）元剧的短长：笠翁在《词曲部·结构第一》这部分，探讨戏剧的架构问题，即认为当时的传奇，可以说是事事都逊于元人，唯独在结构的埋伏照应方面，略胜一筹。虽然他接着又解释，这并不就表示当时传奇之工于元剧，而是因为元人之所长，根本就不在这里啊！不过严格说起来，结构稍欠严谨，却不能不说是元剧本身大醇中的小疵了。所以笠翁批评《琵琶记》，固然也叹赏不已，但仍不客气地指出：元剧中最粗疏的，莫过于《琵琶记》了，其中的骨架、细节，可说是悖谬甚多。也因此，笠翁认为有些剧作家往往蔽于世俗之见，而事事步趋元人，这种不顾文体演进事实与时代特殊背景的做法，最后的结果，当然不免于未得其瑜，先有其瑕了。

不过批评归批评，笠翁对于元剧的长处，无可否认的是有他独到的认识与评价。就笠翁的戏剧论来说，戏剧乃是一种以演出为主要意义而又要能够雅俗共赏的文体。既然如此，那么戏剧之贵显浅，也就成为势所必然了。在《词曲部·词采第二》"贵显浅"条里，笠翁就说凡是读传奇而有令人费解，或初阅不见其佳、必须深思之后才能了解意之所在的，便非绝妙好词。且就是不问，也知道是今人的作品而非元人戏剧。大抵元之剧作家并不是不读书，所编的剧本却绝无一毫书本气。因为他们是有书而不用，非当用而无书。书里的东西，在元剧作家来说，只是编剧时灵感、观念乃至风格的来源而已，它们并不适合生吞活剥地用在剧本之中。同时元剧作家并非不深心苦思，但所编的剧本都表现得异常浅近。那是因为他们能内蕴深而出之以浅，非是刻意借浅俗以掩饰他们的不能深入。至于后代的剧作家，则是心口皆深，不仅内容深奥，连文辞都晦涩难解了。如果说显浅易知是戏剧的本质，那么依据笠翁的批评，我们却不难明了，它正是元剧的长处呢！

（2）作品的批评：元代南戏而为明人所艳称不已的，应当首推《琵琶记》，一般批评的人甚至以之与《西厢记》并称。笠翁也曾经提及，高则诚、王实甫之能传名后世，可以说是因《琵琶记》《西厢记》而传的。正因为《琵琶记》一书的价值，已被大多数人所肯定，所以笠翁对它的优劣，自然也就论之再三了。譬如说笠翁认为古剧之中，能够从头到尾，全本不松懈，而又多瑜鲜瑕的，大概只有《西厢记》能合乎条件。至于《琵琶记》一剧，那就好像汉高祖的用兵一样，可以说是胜败不一了。只因为其中有胜场，而就称王剧坛，我们可以说这一切要归之于命运，而非实战之力。所以尽管像《赏月》一出中，那种借景寓情又能贴切各人心境的唱曲，笠翁都深致赞赏之意。但对于高则诚针线的疏漏以及不善于协入声韵，却也不客气地予以指摘。甚至他还改写了一出《琵琶记》，以补正原作的缺漏，借供梨园演出之用。而在他的构想之中，并且准备扩大为全本的改编呢！至于改编的合宜与否，那就是见仁见智的问题了。

另外，除《琵琶记》一剧，一般人列举元人南戏，总不外《荆钗记》《白兔记》《拜月亭》《杀狗记》四种。笠翁则认为这四种南戏的传世，可以说全赖音律。至于它们剧本中的文字，就没有什么好谈的了。因为笠翁论剧，虽力主显浅，但是他深知一味显浅，势将日流于粗俗，求为文人之笔而不可得。元曲便有很多犯此毛病的，那就是矫艰深隐晦之弊而过焉者啊！笠翁对四大南戏的批评，事实上乃是这种见解的具体表露而已。然而他批评的入微与识见的不凡，已足见一斑了。

2. 对于明代戏剧的批评

明代戏剧以传奇为主，而传奇乃以南戏为滥觞的南方文学体式。一方面就地理之影响于文学者来说，南方文学原本就有着典雅、浪漫的倾向。而另一方面从戏剧的发展历史来看，元剧那种清新、浅俗的风格，随着元朝政治的没落而渐趋转变，代之而起的是文人作家华丽雅正的习尚了。笠翁论剧，虽鄙弃过分粗俗浅薄的作品，但他所时刻悬念的，却仍是一部作品能否实际演出的问题。基于这样的观点，他对于明代戏剧自然有如下的批评了。

（1）推许《还魂记》、"粲花五种"：笠翁在明代戏剧作家中，独推许汤显祖、吴炳两人。他认为近代传奇作品，能够合乎"俗而不俗"的条件的，除了《还魂记》，便只有"粲花五种"了，这些可以说都是文人最灵妙之笔。而要进一步析论的话，吴炳"粲花五种"的长处，不仅如此而已。它的才锋笔藻，在在都可与汤显祖的《还魂记》相抗衡。其稍逊一筹的，只在于气势与笔力之间。大抵说来，《还魂记》气势绵长，"粲花五种"则稍嫌短促；《还魂记》力劲十足，而"粲花五种"便略有不足了。但以汤显祖成名的"临川四梦"——《还魂记》《南柯记》《邯郸记》《紫钗记》来说，真正气长才足的，事实上也只有《还魂记》一种而已。其余的三剧，则与"粲花五种"比肩并辔、难分轩轾了。"粲花五种"之中，以《绿牡丹》最为得名。跌宕轻快、颇值称道；而其中诋讥明末文人轻薄恶习，尤其痛快淋漓、深寓言外之旨。但以气力较之，则确不能不称臣于《还魂记》，笠翁的评论可以说是相当客观平允的了。

（2）商榷《还魂记》一剧的微疵：在明代传奇中，笠翁虽最称道《还魂记》一剧而推为压卷之作，然求全责备之下，却也不无批评。依笠翁个人的看法，一般人以《还魂记》一剧配飨元人，固然合宜；而谓《惊梦》《寻梦》二出为其精华所在，也丝毫不差。但是严格来说，这二出戏虽然不错，毕竟仍是"今曲"，而非显浅爽利的元曲。譬如《惊梦》首句云："袅晴丝，吹来闲庭院，摇漾春如线。"以游丝一缕来逗起情丝，发端的一句话就费了如许的深心，可以说是惨淡经营了。但是这样的周密曲折，试问听《还魂记》的人，一百个之中，有一两人能解出这个意思的吗？戏剧既以演出为主要目的，必须能奏之舞台歌筵，使雅人俗子同闻而共见，则笠翁对《还魂记》的挑剔，也就不难明了了。

3. 对当代戏剧的批评

笠翁既深谙于戏曲之道，本身又熟于创作，自然手眼俱高。前人的剧作，固多批评；而时人的作品，更是口诛笔伐、难逃论断。《演习部·脱套第五》所列各种恶习，即是笠翁对于时剧不留情的批判。另外，当时剧坛风气衰颓，剧作家往往不思创新，只知巧取豪夺、帮凑成篇，以供世俗演出之需。所以笠翁认为近日的新剧，实在称不上新剧，只能说是老僧碎补的衲衣、医生合成的汤药。俗语所云"千金之裘，非一狐之腋"，用来形容这种东割一段、西凑一段的新剧，可以说是最恰当不过的了。

以上是笠翁剧论中散见各处的批评文字，虽然不能自成体系，但加以综理分析，却颇有助于剧论的理解。我们如果略作考虑，便不难发现，笠翁论剧，主要以演出为着眼点；而其批评的依据，自然也以此为标准了。但编剧这种事情，由于代言体的演出方式，

· 105 ·

闲情偶寄：艺术生活的结晶

所以创作时，常有耳目心思，不能发挥效用，到处为人掣肘的情形出现，可以说是作之可怜、出之不易的了。在这种情况下，笠翁认为"千古上下之题品文艺者，看到传奇一种，当易心换眼，别置典型"，就是注意到了戏剧这种文体的特殊性。

而如果要进一步剖析所谓"易心换眼，别置典型"，那么《词曲部·格局第六》中所收的"填词余论"，大概就值得一看了。自有《西厢记》以迄笠翁之时，推论《西厢记》为戏剧第一的，不知有几千几万人了。但是真能历指它之所以为第一之故的，四百多年中，却只有金圣叹一人。圣叹之评《西厢记》，可以说是晰毛辨发、穷幽极微，不复有任何遗议了。只是就一个有实际经验的剧作家而言，笠翁认为"圣叹所评，乃文人把玩之《西厢》，非优人搬弄之《西厢》也"。因为《西厢记》一剧中文字的奥妙，圣叹已悉数尽知；但它实际在舞台上演出的精彩，圣叹却恐怕还不能完全体会呢！笠翁因此而大胆指出，如果金圣叹至今未死，自己编几部戏，由浅及深、自生而熟，那就势将烧掉这部评论，对《西厢记》另作一番新的诠解了。由此可见一套完整的批评，必须奠基在逐日积累的经验、体会之上，否则纸上谈兵，便只有徒留隔靴搔痒之议了。笠翁在《演习部·授曲第三》之所以津津于自己的为"曲中之老奴，歌中之黠婢"，大概就因为有鉴于此吧！

下篇

日常生活的赏鉴

笠翁一生绝意仕途，寄情山水，在悠游岁月之中，过着顺适的生活。他既不强求自己去高唱"立德、立功、立言"的大题目，也不会浑浑噩噩地随波逐流。他只是认清了生命平凡的本质，从而在琐琐碎碎的日常生活里，品味它们细水长流的情趣。同时由于自己艺术的修养，使腐朽化为神奇。因之，一般人叹为单调沉闷的生活，在笠翁眼里，却是充满了水穷云起、鱼跃鸢飞的喜乐。

　　当然，"读圣贤书，所学何事"，人生原该有着庄严而积极的目标，这样，生活的脚步才能沉稳而踏实。不过就才情、性格来说，人与人之间，毕竟存在着相当的差异，并不一定每个人都必须能够肩挑起淑世救人的重任。而即使如此，并不就意味着他的生活无须任何调剂，或是他的生活态度便应该彻头彻尾地严肃了。所谓"不为无益之事，何以遣有涯之生"，人生本也是刚柔并济、庄谐相生，才能多彩多姿而又深具意义的啊！

　　笠翁的《闲情偶寄》，可以说就是此种观念下中国文人生活艺术的结晶。他尽心尽力于剧曲的创作与研究，把它当作终身事业。卷一到卷五《词曲部》《演习部》的戏剧理论，为我国传统戏剧奠下了全面性的理论基础，固然可以算是他事业的成绩证明。而由他本人的酷好此道乃至训练家伎搬演自编新剧，我们事实上已能够确定，戏剧是笠翁兴趣所在，也是他生活中的重心了。如是，则《闲情偶寄》中戏剧理论心得的公开，当然仍不外乎他生活情趣的进一步献诸同好。至于卷八到卷十六的部分，计分居室、器玩、饮馔、种植、颐养五部，更是明显地相关于日常的生活，兹条列如下：

　　居室部：

　　房舍第一——下分八款

闲情偶寄：艺术生活的结晶

窗栏第二——下分二款

墙壁第三——下分四款

联匾第四——下分八款

山石第五——下分五款

器玩部：

制度第一——分为上、下，计十三款

位置第二——下分二款

饮馔部：

蔬食第一——共十四种

谷食第二——共五种

肉食第三——共十二种

种植部：分为上、下两部

木本第一——共二十四种

藤本第二——共九种，又列目录十种

草本第三——共十八种

众卉第四——共九种

竹木第五——共十一种

颐养部：分为上、下两部

行乐第一——下分十款

止忧第二——下分二款

调饮啜第三——下分六款

节色欲第四——下分六款

却病第五——下分三款

疗病第六——下分七款

由以上所列条目看来，很明显它们不是什么"经国之大业、不朽之盛事"，而只不过是些日常生活的琐碎罢了。但是笠翁既不好高骛远也不奢谈阔论，他总着眼于俭朴自然、怡情顺性生活的追求。无论是居室的布局陈设、日常饮食的调配品味，抑或庭院楼台、花草木石的设计栽植，乃至心性身体的调养修炼，都加以研究讲求。务使周围的一事一物，俱能为配合生活而设。周作人在《雨天的书》里有《笠翁与兼好法师》一文，其中有几句话说道：

> 章实斋是一个学者，然而对于人生只抱着许多迂腐之见……李笠翁当然不是一个学者，但他是了解生活法的人，绝不是那些朴学家所能企及。

或许有一个问题是值得我们去深思的，那就是学问的最终目的究竟是为了什么。如果说一个人读了那么多的圣贤书籍，对很多的问题，他也作了无数次的冥思沉想，然而他却不能印证到实际的生活上，去求取切身的丰盈快乐，那么，他能不能算是拥有学问呢？反过来说，人生事理的探讨，果真是为了追求生活的更和谐美满，则一个真正懂得品味人生的人，不也是具有相当的内涵了吗？周作人文中短短的几句话，事实上已指出了《闲情偶寄》这本平凡书籍的不平凡价值了。

第一章 居室的结构与布置

《闲情偶寄》八、九两卷的居室部，共分五项二十七款。每一部分所谈到的，都是笠翁时代的房屋结构、布置和整理的体制与方法。当然，以今天的新建筑而言，这些理论早已丧失了它们的实用价值。不过，透过笠翁的叙述与心得，我们却也不难窥知传统建筑的型构、特色，同时多少掌握到一些古今建筑不可移易的至理。

一、房舍部分

有关房舍的方面，笠翁首先着重于舒适而相称。因为一个人之不能没有住屋，就好像身上衣服不可或缺一样。衣服讲求宽窄合宜、冷暖适中，住屋又何独不然？譬如说堂屋高达数仞、屋檐则宽到几尺，壮丽是够壮丽的了，无奈它却只适于夏季而不合于冬天。我们一登贵人之堂，往往会不寒而栗的原因，固然是气势使然，一大半也是因为它实在太过于高大寥廓了。至于说墙高仅及于肩而屋舍才够容膝的建筑，俭朴是够俭朴的了，偏偏它又只适于主人而不适于宾客。我们偶尔造访寒士之庐，总不禁要无忧而叹，虽说是那种寒伧气氛的感染有以致之，事实上整个建筑的迫蹙狭隘，也是不无影响的。由此看来，如何使房舍的建筑大小合宜，以求心境的悠然顺适，实在是一件非常重要的事啊！而其中的道理，笠翁认为舒适之外，还得注意是否相称的问题。因为房舍之于人，必求其相称而后乃可。画山水者有"丈山尺树、寸马豆人"的口诀，主要就在强调景物大小的相称。否则一丈之山，却缀以二尺、三尺之树；一寸之马，则跨以似米似粟之人，又如何能协调匀称呢？同样地，如果贵人之躯能有九尺、十尺的长度，则堂屋高达数仞，自是无以为异。不然的话，堂屋愈高而人愈觉其矮，地方愈宽而人愈形其小，还不如稍减堂屋规模来得小大合宜、恰如其分。至于贫穷人家的屋宅，当然难免于卑隘。不过卑者虽无法耸之使高、隘者不能扩之使广，而屋宅内肮脏又占位置的东西，却是可以去除干净的。能彻底做到这一点，也就多少使屋宅显得宽广些了。

其次，笠翁主张建筑必须各具特色。因为营筑住宅，就如读书作文一般。高明的读书人往往自出手眼，创为新异之篇。就是最不入流的，也至少会将读熟的文章，改头换面、增损字句，而后再表现出来。从来没有全篇抄袭，却还沾沾自得的。但奇怪的是，一般人兴造房舍，却往往竞相模仿，肖人之堂以为堂、窥人之户以立户，务求纤毫毕肖。只要稍有不合，即引为莫大耻辱。常见一些豪富人家，花费千万巨资来整治园圃，总会先嘱咐师傅说，亭子必须学某人的形式，台榭则模仿某家的规格，勿使稍有差异。而那些操持营建的师傅工匠，到大厦告成时，也必然骄语居功，谓其立户开窗、安廊置阁，事事皆仿名园，而又丝毫不差，这可以说是鄙陋至极了。文章事小，尚且求出于个人的创意；居室费多，偏以因袭模仿为得意，岂不令人费解。笠翁自谓生平有两项绝技：一为辨审音乐，另一则为置造园亭。而其园亭的特殊，乃在于因地制宜、不拘成见，即连一榱一桷，也都出于己裁，使经其地、入其室的人，都能感受到颇饶别致的风格。

最后，笠翁也强调建筑最忌奢靡。他认为不只是一般家庭须崇尚俭朴，即使豪富人家也应该以此为法。因为居室的形制规划，贵精不贵丽、贵新奇高雅而不贵纤巧烂漫。常人之所以只好富丽，并非他们衷心喜爱，而是既不能创异标新，那么舍富丽就无法见其所长了。譬如说有新衣两件，由两个人来试穿，其一素雅而新奇，另一则华丽而寻常，试问大家瞩目的焦点，究竟是在新奇还是寻常呢？须知道锦绣绮罗，固然华贵，但又有谁没见过呢？以此推论，则居室建筑之忌奢侈而求用心，也就显而易见了。

有关居室的道理，笠翁以为既贵新奇，则人所未见，即缕缕详言，恐怕也未必能为人所尽晓。而思绘图以辅助说明，能明白绘出的又不过十之一而已。只有掌握原则，做提纲挈领的介绍。至于读者，便得靠自己的领悟去"因其有而会其无"了。

1. 向背

传统的建筑大都以坐北朝南为主，但由于种种限制，事实上不可能幢幢如此。不过屋向若面对北方，那么屋后便应多留空地，使南风能流通畅达。至于面东者虚右、面西者虚左，也同样是基于夏天南风的考虑。又如果四周都无空地，则开天窗以作补救。同时还须知道的是，窗户开大一些，足够抵小门二扇，而小窗孔留高一些，它的作用也可当低窗二扇呢！凡此都注意到了空间与光线、空气的相互关系，可说是相当科学的了。

2. 途径

屋室中的通路，当然以直捷为最方便；而若论其变化高妙，则又不如稍作迂回转折了。所以大凡在家中故作迂途以取别致的，必定另开耳门一扇，便于家人急切奔走时使用。如此则雅俗俱利、理致兼收了。

3. 高下

房舍最忌的是如平原般一无高下之分，此不独园圃为然，即居宅也应该如是。依照常理，总是以前卑后高为准则。不过若是地形并未尽符原则，而非勉强如此不可，却也失之拘泥了。这时候不妨因地制宜，如高者建屋、卑者建楼，或卑处叠石为山、高处浚水为池等，使完成之后，仍无碍于前卑后高的视野原则。至于变化之法，则无一定格式可遵，这就是所谓"神而明之，存乎其人"的道理了。

4. 出檐深浅

居室无论精致粗糙，总以能蔽风雨为贵。常有画栋雕梁、琼楼玉槛，而却只可娱晴、不堪坐雨的，问题大都出在不是太空就是过高。务使虚实相生、长短得宜，然后才能晴雨皆入雅赏。至于贫穷人家，房舍虽宽而余地无多，想延长屋檐以障风雨，则苦于昏暗不明。欲设长窗以引光亮，又恐过于阴湿。要剂其两难，便只有添置活檐一法。所谓的活动屋檐，那就是在原来的瓦檐之下，另记板棚一扇，两头装置转轴，随晴雨变化而撑起放下，如此则我能用天而天却不能窘我了。

5. 置顶格

所谓顶格，亦即今日的天花板。它的产生乃是为了遮掩屋上的丑态，使房顶的木块瓦片，不致与屋内的精细格格不入。但一般人总是将顶格与屋檐一概看齐，如此则使一片空间置之不见，而徒然沦为鼠窟。另一种人则为了保持屋内的高敞，舍不得隔开，乃以木片贴顶而仍作屋形，中间独高而前后偏低，如此一来，根本就谈不上美观了。其实如果在隔开之后，稍作设计，那么天花板上便可成为一间无所不容的储物室了。至于天花板，只要加以裱贴又讲求些技巧变化，又何必担心不能赏心悦目呢？所以说如何兼顾美观与实用，乃是室内装潢的基本原则。

6. 甃（zhòu）地

古人以茅草覆屋、以土石为阶，虽说乃崇尚俭朴的表现，其实也是因为规模设备未尽齐全之故。严格说来，唯幕天者可以席地；梁栋既已铺设，便该有阶除地面，否则不就如同戴冠而赤足般荒诞可笑了吗？而以地面而言，泥土、三合土、板子等材料，都不免各有缺点。数来数去，还是以砖铺最称合宜。只不过在磨与不磨之间，来区别使用人家的丰俭。财力大的进一步磨之使光，较贫俭的则听其自糙。而最重要的是，如何自运机杼，使大小相间、方圆参合，或作冰裂或龟纹，以产生炫目引人的美感。

7. 洒扫

要维持室内的整洁，当然得勤加洒扫。洒扫固属小事，却也有它的窍门。一般童仆由于偷懒，往往并两事为一事，光扫不洒。殊不知灰尘飞扬，室内物件俱都蒙尘，原图偷懒省事，却化一事而为无数事了。不过勤扫不如勤洒，人皆知之；多洒不如轻扫，一般人则往往不能体会它的道理。事实上，多数人在洒水之后，总是任意挥扫；不知洒水到底未能处处皆遍，如此一来，灰尘障翳更是到处沾染。所以运帚切记勿重，且每一出手，务使帚尾着地，才不致带动灰尘飞扬。同时还得注意，洒水时久，则泥土附着于地，日厚一日，必须隔几日之后有一次轻扫不洒。能够做到这样，自然窗明几净、户整室洁了。

8. 藏垢纳污

一个爱净喜洁的人，只要周遭有一件事物不整齐，就好像眼中生刺般，必欲去之而后已。不过一个人到底时间和心神都有限，无法随时随地注意处理。而一旦污垢脏乱，便觉再好的居室也减色不少。如文人练字写稿，原本风雅，但若是残稿堆桌、弃纸盈室，则恐怕要徒见其混乱了。所以在常用房舍左右，另设小屋一间，如一般习见的套房，那么所有急切之间不能料理的物品，便可以暂置于此，待暇时再慢慢检点了。经济情况较差的家庭，或许无法如此，则改用箱笼之类的容器，效果也是一样的。

二、窗栏部分

笠翁以为当代之人能变古法为新制的，大概只有窗栏二物了。因为窗栏的形制，日新月异，无不从成法中变出，所谓"腐草为萤"，实有其至理存在。而正因为人人各凭巧思，推陈出新，所以窗栏的设计也就变化多端了。笠翁常自己构想新形式，口授工匠依样造成，以为该是极新极异了。没想到偶至一处，却见到别人家的窗栏早先得我心了。足见任何事物往往不免于心同理契，沾沾自喜，只有徒留笑柄了。以下是笠翁如此体认之下的原则提示。

1. 制体宜坚

大抵说来，窗棂以明透为先，栏杆以玲珑为主，但这些到底都属第二义，最重要的只在坚固一事。因为必须在坚固之后，才能再进一步论及工拙。否则一味穷工极巧以求尽美，却没多久就掉头堕尾的，又有何意义呢？至于设计的基本原则，则在于"宜简不宜繁""宜自然不宜雕斫"二语。大凡事物的道理，唯有简单乃可接续、烦琐势难长久；而顺其本性的必属坚耐、戕害其体质的则易致毁坏。所以窗棂栏杆之制，应该尽量避免雕镂，而以木条构形，于简单中求变化。同时还得注意所有木条都应纳入卡榫之中，如此方可保其坚固。另外窗棂中间又不能过于空疏，否则就糊纸不牢了。至于窗栏的体式，笠翁以为不出纵横、欹斜、屈曲三项。

纵横格这种格式直接贯串两边的木条，为数其实不多，而中间纵横交错的图案，却又非常细密，可以说雅莫雅于此、坚亦莫坚于此了。同时这种格式又是从旧形中变化出来的，足见稍用心思，则旧式可化为新的，正不知有多少呢！只要以简单、坚固、自然为原则，再加上巧思变化，事事以过分雕镂为戒，则人工渐去而天巧自呈矣。

以下这种格式设计非常特殊，为人所意想不到。盖一般窗栏中图案，总以直条纵横交错为主，直条之木与框架尚易接合稳定。而这种格式中的木条，则变化起落且呈尖形，不易固着。只有在尖木之后，另设坚固薄板一条，以作承接，然后才能稳住。同时得注意的是，在油漆之时，颜色必须讲究。如栏杆的本体用深红色彩，则中间薄板不可也作同色，而应该配合屋内墙壁的漆色，如此便只见深红色彩。至于薄板与墙壁，因颜色相同，自然混而莫辨。而栏杆样式，也就更加曲折奇妙了。

这种格式最坚固而又省费，名叫桃花浪，又称作浪里梅。其中所需的曲木、花朵都另行制就。待曲木安妥之后，才以花朵填塞空处，上下着钉，借此联络，如此则交互衔接而紧固异常了。至于花之内外，又可以分作两种，一作桃、一作梅，这也就是所谓的桃花浪、浪里梅了。而波浪颜色亦忌雷同，或蓝或绿，否则就是同一颜色，也应该以深浅稍作区别，使人一转足之间，景色判然立异，是以一物幻为二物，却又未尝多费材料、金钱。这种于节省中力求变化的做法，事实上正是笠翁的一贯原则。

2. 取景在借

开设窗牖之理，没有比借用自然景象更妙的了。笠翁自谓从前卜居西子湖滨的时候，曾想购置湖舫一艘。设备体制，一如他人，唯窗格欲求不同。如何不同呢？那就是四面皆实、独虚其中。实者用板，再蒙上灰色布匹，使不露一隙光线；虚者用木材作框架，上下呈规律弯曲，而两旁则为直线，此即所谓的便面了。务求纯露空明，不染纤毫障翳。如此一来，船的左右便似只剩两幅画框而一无他物了。坐于船中，不仅两岸的湖光山色、寺观烟树以及来往的樵夫牧子、游女醉翁，尽入便面之内，作我天然图画，即连主人在船中的呼朋聚友、弹琴观画，自外看来，也是一幅人物画呢！自娱娱人，自又时刻幻化，窗牖之构想，恐怕也难比这更特殊新奇的了。可惜有心无力，无法如愿。后来移居白门，不得已就变用其法，装置于楼头之上，以窥钟山气色，也算是略慰心思了。另外笠翁又曾设计过一片观山虚牖，名为尺幅窗，又称作无心画。因为笠翁宅院中有假山一座，高不逾丈，而其中丹崖碧水、茂林修竹乃至茅屋小桥,凡山居所有之物,无一不备。尺幅窗的开设,正为面对此一景致。尤其又裁纸贴在窗的四周,以作为画的头尾及左右镶边,则无论从哪个角度来看,都俨然是一幅山水图画了。虽说与前面所提舫窗略有差别,而运用之妙,却终究是存乎一心的。笠翁又自谓做过梅窗一片,生平制作之佳,当推为第一。梅窗乃取材于斋头淹死的榴橙枝干,只因其形状盘曲交错,有些类似于古梅,笠翁灵机一动,遂设计成了此一特殊的梅窗。先是裁取老干中较直的部分,不加斧凿,作为窗的上下两旁。另外再取枝之一面盘曲、一面稍平者,分作梅树两株,一株从上生根而倒垂,一株则从下附着而仰接。稍平的一面略施斧斤,去除皮节而向外,便于糊贴窗纸。至于盘曲的一面则不稍戕斫,甚至连疏枝细梗也都仍保留。完成之后,又进一步剪彩作花,分红梅、绿萼两种,点缀于疏枝细梗之上,如此则望之俨然生意盎然的梅花了。以下附图稍作介绍,便能对窗台的设计、格式,有更进一步的认识。

　　这就是前面提到的湖舫式。不只是居住于西湖边,即其他任何风景名胜区,也都可以用此窗式。如此则虚窗览胜,而景物各异、趣味横生了。

　　湖舫式固然由于空无一有而能尽纳景物,却终究无法障雨蔽风。要两全其美的话,莫过于用板内嵌窗的方法处理。如此则推之可蔽风雨,合之可赏扇窗。而且四周用板,较之一般窗式,可说是更加坚固,窗棂作斜欹之势,而又上宽下窄,使其像扇面上的折纹,同时因为窗棂的撑架,中间的花树图案也就更有倚靠了。不过得注意的是,窗棂须用极细极坚的木材,以与粗细不一、参差错落的花树分别;或是漆成白色,与糊窗的纱纸同色,而别于绘成五彩的花树。如此则泾渭分明，不至于喧宾夺主了。

　　板内嵌窗的方式，可依大小而分为双扇、单扇。上图的梅花窗是双扇，此处的花卉、虫鸟两式，则属于单扇。这种窗式的制造，须先将花鸟、窗棂各自设计造好，然后接合，再以板镶装定。

　　尺幅窗既是虚中以纳景物，而窗的四周裁纸装镶以仿画制，则当闭窗时，便不免于扞格难合、丑态毕露了。所以必须照窗式大小，作木槅一扇，以名画一幅裱之，需要时嵌入窗中，则尺幅窗又成一幅真画了。不过还得注意，木槅必须托以麻布及厚纸，否则透进光线，那就不成为画了。

　　笠翁推为生平制作第一的梅窗之式，窗内的梅花枝干，如果以整木来做，则宜分中锯开，以有锯路者着墙，而天然未斫者向内，如此设计，可谓天巧人工都兼收并顾了。

三、墙壁部分

　　我们常说峻宇雕墙或是家徒四壁，可见从前贫富人家的区别，往往都可以自墙壁间辨识。墙壁之为物，乃内外所区分而为人我之相半者也。一座城池的是否坚固，关系到国家的安全与否；同样地，墙壁的厚实与宅院的平稳，也有着密切的关系。一家筑墙，两家好看，既可顾全自家的安危，又可兼及邻居，可说是为人为己、有百利而无一弊。我们如果能以整治墙壁的观念，推到做人处世方面，那就无往不利了。足见日常琐事、周遭微物，也自有至理包含其中呢！以下再分四款稍作说明。

1. 界墙

所谓的界墙，乃是一个家庭的外廓、人我公私的界限。界墙莫妙于以乱石堆叠而成，不限制其大小方圆的规格。如此则堆叠的人巧匠心与乱石的朴拙天然，正可相映成趣。其次便要属石子堆砌的了，因为石子虽也是天然生成，但到底有圆无方，似乎较近乎人工之美，而缺少了些浑然的野趣。曾见过一位老和尚建寺，他利用石匠斧凿之余，收取那些零星的碎石。而后将差不多千担之多的碎石堆成一壁，高度、宽度都超过了十仞，望之巍峨壮观。尤其因不刻意齐整，所以嶙峋崭绝、光怪陆离，使围墙而具峭壁悬崖之致。这是笠翁生平所见最具创意的界墙，难怪他要一直念念不忘了。至于砖砌之墙，家家户户都有，其理其法也就不必赘述了。倒是如能求其平稳一致，泥墙土壁有时还比砖墙来得萧疏雅淡呢！

2. 女墙

依照《古今注》的说法，所谓女墙，乃是城上的小墙。其实用"女"字形容，不过是言其纤小而已。推而言之，凡是户内及肩的小墙，乃至中间嵌花、露孔，使内外得以相视的短墙，也都可以叫作女墙。一般人炫奇过度，往往自顶至脚，都砌上花纹，不只大费人工，亦且相当危险。镂空雕花之墙，为的就是让人能窥见室家的美好。那么只要在人眼所瞩之处，空二三尺，用心创作花纹雕墙，其他高或低于这段距离的，依旧实砌，便不难兼顾美观和安全的效用了。

3. 厅壁

客厅墙壁不宜太素,但也不适合太花哨。名人尺幅,当然不可或缺,不过必须浓淡得宜、错综有致。有关书画的装饰,笠翁认为裱轴不如实贴、实贴又不如实画。如此既可避免风吹摇动,以致损坏名迹,而大小也较能掌握合宜。基于此种观点,笠翁曾请四位名家在家中四壁之上,画出着色花树,而又绕以云烟,使极尽神奇缥缈之能事。同时更在所画松树的枝干上,凿一小小孔穴,以插入架鹦鹉的铜条,如此便可以畜养禽鸟于其上了。朋友翩然驾临,仰观壁画,原已心旷神怡,而忽然间枝头鸟动、叶底翎张,更是叹为观止了。

4. 书房墙

书房的墙壁,最宜讲究的便是潇洒二字。而要使之蕴含潇洒风致,无论如何切忌油漆。前人之使用油漆,或是为蔽风雨,或是为了防点污,并不是它有什么可观之处。书房总在屋子较里面人迹少到的地方,也无阴雨侵袭之虞,自然就不必使用油漆了。大概以石灰垩壁而磨使极光,是为上着,其次则用纸糊之法。不过糊壁用纸,到处皆然,最好能更出新意,否则仍不免于俗气。譬如说先糊上酱色纸作底,然后用豆绿云母笺,随手撕裂成或方或扁,或短或长的零星小块,接着贴到酱色纸上。每贴缝一条,必露出酱色纸一线,务使大小错复、斜正参差。那么贴成之后,满房子都是冰裂碎纹,读书其间,如坐哥窑美器之中,是何等赏心悦目的事啊!所费不多,全在于能否动用巧思而已。

四、联匾部分

世人每谓堂联斋匾，其实非有成规，不过前人赠人以言，多则书于卷轴、少则挥诸扇头，而若只有一二字、三四字，因为太少了，便只有大书于木了。受礼的人要藏于笥（sì）中或带在身上，实多不便，干脆悬在中堂，使人共见。开始时或许只是偶一为之，没想到家蹈户袭，似乎便成为成格定制了。笠翁认为礼乐制自圣人，尚且可以因革损益，联匾的规格又何独不然呢？不过凡有创意，都应讲求有所取义，不可一味标新立异而已。以下几种联匾各具特色，笠翁一一绘图说明，使读者看过之后，能收举一反三的效果。

蕉叶题诗，原已堪称韵事；而状蕉叶为联，则更是风雅之至。这种蕉叶联，只适合置于平坦贴服之处，如壁间门上，都可以悬挂；而用来悬柱，由于阔大难掩，便不太合宜了。它的制作方法，乃先画蕉叶一张于纸上，请木工依正反两面做成二扇木板，再教漆工密密上漆，以防碎裂。等漆成之后，才书写联句并画筋纹。蕉色宜绿、筋色宜黑，而字则宜填石黄，才能显现其陆离可爱。这种蕉叶联悬于粉壁之上，尤为出色，可称作雪里芭蕉。

古人常说："宁可食无肉，不可居无竹。"因为竹子既是直而有节的清高象征，同时用为生活起居的器皿，也几于无所不便。不过以竹子饰为联匾，却罕有人构想及之。笠翁曾创为此法，截取竹子一段，剖而为二，外去其青、内铲其节，然后不断磨拭，

闲情偶寄：艺术生活的结晶

务使明亮如镜。再找人书写联句，请名手镌刻。如是一来，可说雅未有雅于此而俭也未有俭于此的了。尤其从来柱上加联，总以板为之。其实柱圆板方、柱窄板阔，彼此之间，并不贴服。如果以竹联来装饰，则是用圆合圆，岂非天机凑拍、自然之极了吗？

这种碑文额，额身用板，地用白粉，而字则用石青石绿或用炭灰代墨，亦无不可。与寻常匾额形式无异，只不过增加了两条圆木，缀饰于额的两旁，就好比轴心一般。左边的圆木画上锦纹，以像装潢的颜色；右边的则不宜太过工巧，但使之类托画的纸色就可以了。如此看来，就像一幅天然的图卷，岂不妙哉？

这种册页匾的外观，就好像古人可以折叠的简册一般。用方板四块，尺寸相同，其后以木绾系，使之各自分开而又似接续。四周用笔画上锦纹，以作装潢之色。至于中间的字，则必须以刀雕刻，才能充分显现出古朴的风味。

所谓"虚室生白"，指的乃是室内空虚，阳光才能遍洒其中。其实不独居室为然，万事万物无不以虚为妙，一经填实，便不免于板滞了。这种虚白匾的设计，即是取法于此。首先用一块坚实的薄板，贴字于上，然后以刀镂空，务使两面相通，纤毫无障。板面上没有字的部分，漆成黑色，而板后贴上一层洁白的棉纸。如是则木黑而无滓、字白而有光了。玲珑有致，又类墨刻，有匾之名，而并不全如匾额，可谓匠心独具了。此外，这种虚白匾也可以用之于庭院中的假山，板面涂漆，务与山石同色，而四周则补以碎石，使同山石合成一片。如是，乍看之下，竟似石上凿刻留题一般，又是另一番趣味了。

御沟题红叶，原是千古佳事，而以之制匾，也同样的情味无穷。不过制红叶匾与前面的蕉叶联，却是判然有别的。盖蕉叶可大、红叶宜小,匾取其横,而联妙在直,这是不可以不知道的。

五、山石部分

　　幽斋垒石,固然是文人雅致之所寄托,不过我们却也得明白,那原是不得已而然的。因为文人寄情山水,而不能致身岩下,与木石居,所以只好以一卷代山、一勺代水,聊胜于无了。然而略施巧计,即居城市而有山林之趣,却也不能以小技视之呢!更何况垒石成山,另是一种学问。有些人尽管丘壑填胸、烟云绕笔,要他画水题山,顷刻即成,但请他垒石见意,可就束手无策了。从来善于叠山的名手,虽然不是能诗善画的人,不过他们随意取一二石头,颠倒置放,却无不苍古成文、迂回入画。足见造物之妙,原在于各擅胜场、互异其趣啊!此外,从林园山石的景观,我们便不难辨识主人的雅俗高下。因为随主人的拣择去取,自然决定了匠师的心胸境界以及林园中一石一木的造景。所以有花费累万却仍然山不成山石不成石。也有一花一石,位置得宜,而主人神情便已充分流露的。

1. 大山

　　自来营筑假山,山之小者易工而大者难好。这就好像是作文一般,结构全体甚难而敷陈零段较易。唐宋八家的文章,全以气魄取胜,那就是因为他们在提笔之际,已有成局在胸,而后再修饰词华,自然粗览细观,同一理致了。否则间架未立,才自笔生,一段写完，再生一段，虽然也能勉强成文，终究只能近视、不耐远观。盖一经远观，则穿凿牵合的痕迹，便无所遁形了。书画的道理，亦莫不皆然。至于累石成山之法，必须以土代石，然后才可以免于断裂破碎之讥。大抵垒高广假山，不可能没有缝隙，而如果以土间之，便能泯然无迹，又便于栽种树木。等树根盘固之后，自与石山比坚。更何况树大叶繁，浑然一色，又有谁能辨别何者为石、何者为土呢？

2. 小山

大山的营筑，固须以土间石，即小山也不可无土。但得以石作主，而土附之。所谓外石内土，这是从来不变的方法。又山石的美观与否，全在于"透""漏""瘦"三字窍诀。此通于彼、彼通于此，看起来似有道路可行，就是"透"。石上有眼、四面玲珑，就是"漏"。而壁立当空、孤峙无倚，就是所谓的"瘦"了。瘦小之山必须顶宽麓窄，否则根脚一大，就是形状尚美，也不足观了。另外垒叠的时候，还得注意石纹石色之求其相同，如粗纹与粗纹，当并在一处；而细纹与细纹，则宜在一方，至于紫碧青红各色石头，自然是各以类聚了。

3. 石壁

假山之为地，非宽不可；石壁则挺然直上，有如劲竹孤桐，稍有隙地，便可以堆垒。而且山形曲折，较难取势，手笔一庸弱，就不免于贻笑大方。石壁则没什么奇巧殊技，只不过如累墙一般而稍加迂回出入就可以了。即便如此而已，但是其体嶙峋、仰观如削，却与穷崖绝壑无异。石壁固然可以独营于狭窄之地，也不妨与假山并行不悖。因为假山的设计，往往是正面为山，而背面作壁，所谓前斜后直，物理莫不皆然。其中必须注意的是，壁后忌作平原，以免让人一览而尽，遂使石壁的嶙峋兀傲，因之减色。

4. 石洞

假山无论大小，其中都可以作洞。洞之稍宽者，可容人坐。而如果太小，不能容膝，则不妨以他屋联之。在屋中也摆上小石数块，与此洞若断若连。如此一来，虽居屋中，而与坐洞中便无差异了。又，洞上最好稍留空缺，贮水于其中，而后故作漏隙，使涓滴的水声，由上而下，旦夕皆然。置身洞内，自然暑炙尽除，心神清静了。

5. 零星小石

假山石壁，固可以增添林园的胜景，而慰人山水之思。但一般人家有好石之心，却苦无其力，倒也不一定非如此不可。只要一二怪石安置妥当，时时坐卧其旁，便已赏心悦目、平添无限逸趣了。或许有人会说，小石也需钱买，何能奢侈。其实小石的摆设，一方面当然可供观瞻赏玩，另一方面也可有其实际用途。如平坦可坐者，则与椅榻同功；斜而可倚者，则与栏杆并力。虽花费少许金钱，如买一器具，又有什么不值得呢？从前王子猷常劝人种竹，笠翁则劝人置石，以为人的一生之中，其他的毛病尚无大碍，唯独俗病不可有。而俗病一经沾染，或许便只有竹、石二物可以治疗了。

第二章 器玩的设计与摆列

一、制度部分

人无分贵贱、家无分贫富，饮食器皿，皆属必需，所谓"一人之身，百工之所为备"，就是这个意思。至于特殊的玩好之物，便只有富贵人家需要了。但是粗用的物品，形式若具匠心，入于王侯之家，也可与玩好等列齐观。反之就是宝玉之器，如果琢磨不精，卖出去仍然不值一钱。足见物品无论精粗，全在于巧思匠心而已。笠翁一生清寒，然赏鉴独精。有时入豪富之家，见其玩好满室，辉煌错落，他却能不稍动心。那是因为玩好虽多、材质虽美，而设计加工，却不能表现出艺术的美感。至于寒俭之家，往往以柴为扉、以瓮作牖，看起来似乎颇有唐虞三代的质朴之风，笠翁则怪其纯用自然，不稍加美饰。譬如说瓮可以作牖，而如果拿碎裂的瓮衔合，使大小相错，则原本为相同的瓮，此则有哥窑冰裂的纹路了。所谓变俗为雅、点铁成金，主要的便在于是否肯费心思了。堆雪狮、做竹马，三尺孩童皆能各有展现，更何况心思阅历都已成熟的昂藏之躯呢？

1. 几案

笠翁认为所有物品的创制，必须掌握一个原则，那就是务舍高远而求卑近，使人人可备、家家可用，如此才不枉创制的苦心。几案之设，当然也是如此。而为进一步求其实用、普遍的效用，笠翁建议在添置几案的时候，有三件小物品不可少。第一是抽屉，

闲情偶寄：艺术生活的结晶

这种小陈设，往往为世人所忽略。殊不知有了它之后，一切急迫所需的东西，都可以先收在这里，到时信手拿来，何等方便。而像废稿残牍一类的抛弃物，也可以先收其中，不必一一处理，既省事，又免屋内凌乱不堪。第二是隔板，这是笠翁所独设的。因为冬天围炉时，火气上炎，每致桌面台心为之碎裂。如果先设计活板一块，可用可去，既不影响观瞻，而又能避免几案的损坏。第三是桌撒，这种小东西可说根本不起眼，却又非常实用。在工匠建造器物时，便可以从那些残余的木块中，选择一头极薄、一头稍厚的小木块收存起来，以备桌椅移动而有高低不平的情形时，作为垫衬之用。当然，若再加油漆，使与桌椅同色，则更加理想了。

2. 椅机

一般用来坐憩的器具有三种，那就是椅、机、凳。而大抵说来，这三种坐具的形制，今胜于古、北不如南。如维扬的木器、姑苏的竹器，可说是甲于古今、冠乎天下了。但尽管如此，总还是有不足的地方，所以笠翁即特创两种形制以作补充，一是凉机、二为暖椅。所谓凉机，其实和其他机子也没什么大差别，只不过机面必须中空，有如方匣一般。而方匣四周及底层，都以油灰嵌合，上面植盖一片特制的方瓦。如是则以方匣盛装凉水，坐在机上，自然倍觉凉爽。而水稍温热，便立刻换下，效果也就不会打折扣了。至于暖椅的形制，笠翁还特别做了图说，主要在于保暖而不至于灰烬满室就是了。

这种暖椅样子有些像太师椅而稍宽大，因为太师椅只求坐得舒适，暖椅则需能容纳整个身子。前后设门、两旁用板子装镶实在。臀下足下则用栅，使火气能透升而出。脚栅之下安置抽屉一面，底层嵌以薄砖，四周镶铜。如是只要中间贮存极细木炭，而又以灰略覆其上，便火气不烈而满座皆温了。另外再设扶手匣一具，结构同于抽屉之理，摆在桌面上，不唯双手没有寒冻之苦，即笔砚放置于上，也无须吹坚呵冻之累了。

3.床帐

人生百年，日夜各居其半。日间所处的地方，或堂或庑，或舟或车，总无一定所在。而夜间则不论置身何方，终是一床而已。所以床之为物，可以说是人半生相伴的物件了。不过由于寝处眠卧的地方，无人能见，一般人便往往务从苟简而不知讲究了。笠翁则不然，每迁一个地方，必先营处卧榻。尽管困于财力，不能尽新其制，但对于修饰床帐之具、经营寝处之方，则未尝不用心构想。综其原则，不外床令生花、帐使有骨、帐宜加锁、床要着裙四点。所谓床令生花，即在床帐之内先设托板，又用彩色纱罗制成怪石、彩云之类，以掩于板外而加美化。入夜之后，置盆花瓶景帐中，则鼻受花香，俨然身眠花树之下，那是何等美妙之事。帐使有骨乃以不粗不细的竹子，做成一顶四柱的形体，等床帐挂定之后，用来将帐子撑开，使床面更觉宽敞。另外所谓帐宜加锁，那是因为帐子主要在于防蚊，但时而风吹帐开、时而有事进出，而防蚊的功效便大打折扣了。所以不妨在帐门交关的地方，上、中、下分设三钮，如一般人的衣扣相同，如此或许可以稍作防范了。至于床要着裙一法，则在帐中四竹柱下，各穿一小孔，然后插上三条横竹，离开枕席一尺左右，再在竹上以布作裙，如是则头垢发油便不会沾到床帐了。布裙一脏，自可解开清洗，可说是既方便又清爽。

4. 橱柜

造橱立柜，并没有什么了不起的智巧，总以能够多容善纳为最主要。橱之大者，不过两层、三层乃至四层罢了，而如果一层只备一层之用，那么装上几件东西之后，也就没有空隙再摆了。如此徒然浪费每一层上面有用的空间，岂不可惜？所以最好的方法，莫过于在每一层的两旁，另钉细木两条，以备架设木板之用，然后便可依摆设物品的大小而灵活运用了。另外抽屉的设置，也是多多益善。甚至一个抽屉之内，还可以分为大小数格，如此便能分门别类来收藏物件，不致混淆迷糊了。

5. 箱笼箧笥

随身用以贮物的器具，大的叫作箱笼，小的则称为箧笥。材料大致不出革、木、竹三种，而上面的关键锁钮则不外铜、锡两项。这几样器具的形制，前人所设计构思的，已经相当完备了。后来的人再怎么务为奇巧，也难超出范围之外，而一经超出范围的，往往便不适用，只能供作把玩而已。笠翁有见于此，乃专心在锁钮方面下功夫，务求使其有之若无，不见锁钮之迹。如此箱笼、箧笥外观的整体美感，才不致有不协调的感觉。

6. 古董

崇尚古器的风气，自汉魏晋唐以来渐次兴盛，至笠翁之时，可说是无以复加了。整个社会中，弥漫着崇旧黜新的习尚，以至晨炊不继仍早晚访商求周，或是生计茫然而宁可遣妻孥不卖古董。因此笠翁在《闲情偶寄》一书里，独对古董之事，缺略不备。其实古董原有可嗜，不过应该是崇尚于富贵之家。一般人生活奔忙，尚且不暇，又怎么可以致力于这种不急之务呢？

7. 炉瓶

炉瓶的形制，古人已颇完备，后世难再蛇足了。不过护持衬贴的配件，却不妨随意增减。如既设了香炉之后，则锹箸便该随之而有。锹以拨灰、箸以举炭，二者的方圆长短，全视香炉的曲直高低而定。这些都是一般人所能设想到的，笠翁则进一步设计了一个木印来印压炉灰。不只一印可代替数十锹之用，极为省事方便；同时在印面上刻镂梅菊、八卦，乃至一首五绝，则只须举手一按，便现出无数离奇，可说人巧天工，两擅其绝了。至于瓶的使用，自然是以瓷器为佳。因为以之养花，则水清而不浊，且不会有铜腥的气味。但是铜器却也有派上用场的时候，譬如说冬天结冰，瓷器易裂，便该以铜器代替了。

8. 屏轴

围屏及书画卷轴，原来只有中条、斗方及横批三种方式。后来又幻变而有合锦一法，则大小长短乃至零星小幅，都可以配合用之了。不过新法一出，天下争趋，久之便不免于陈腐。因此笠翁提议不妨使用冰裂碎纹的方法，来作为屏轴四周的美化，使陈腐的装裱惯式，另生出一些额外的变化。同时笠翁还认为在画大幅山水时，也可以多留余地以待题诗，如峭壁悬崖之下、长松古木之旁，或作鹅帖行书，或书蝇头小楷，如此相辅相成，便不难使古人"诗中有画、画中有诗"之虚语化为实境了。虽属游戏笔墨，也自有其趣味在。

9. 茶具

茶具以砂壶为妙，而砂壶则首推阳羡制造的为最精。大凡挑选茗壶，必先看它的壶嘴是否直而不曲。因为贮茶与装酒不同，酒无渣滓，一斟即出，而茶叶入水，便成大片，只要稍微塞住壶嘴，便足以让茶水堵住不流了。至于收藏茶叶的瓶子，则只适合用锡制品。而为了保其气味不泄，最重要的便是封盖得是否紧密了。大概凡收藏而不即开的，可在瓶口用棉纸二三层，实褙封固，等干了之后再覆盖贮存。而要时开时闭的，则在盖内塞上一二层，使香气开而不泄。

10. 酒具

酒具之用金银，犹如嫁妆之不可缺珠翠一般，其实都是不得已而然的。所以富贵之家，与其用金杯银盏，还不如用犀角制的杯子。因为犀角也可算是在珍宝之列，却比较没有那种金碧辉煌的炫耀之形。同时，美酒入犀杯，另是一种香气。唐诗有云"玉碗盛来琥珀光"，盖玉能显色、犀能助香，二者之于酒，可以说都是大有帮助的功臣啊！一般人崇尚雅素，也使用不起犀杯玉碗，则瓷杯也就相当不错的了。

11. 碗碟

碗碟以建窑出品的为最著名，但苦于太厚；江右所制的产品，虽窃用建窑之名，其实美观更出于其上，可说是青出于蓝了。而除了厚薄的条件，选择碗碟，其次便得论花纹。花纹太繁，未免鄙俗，最好是取其笔法生动、颜色鲜艳的。至于在碗碟上书写文字，笠翁基于读书人礼敬文字的心理，则期期以为不可。

12. 灯烛

灯烛辉煌，乃是宾筵中首要的事情。然每每见到衣冠盛集、佳肴罗列、奏曲高歌，事事都称绝畅，唯独歌台色相，望之模糊，使人快耳快意，却不能大快其目。这并不是主人吝惜油膏，不肯多费，而往往是灯烛芯在作祟，不是剔之不得其法，就是司之不得其人。所以最好能找一个谨朴老成、不耽溺歌舞游戏的用人，由他专门负责，如此就可以免掉因互相推诿或疏忽而造成的灯烛晦暗了。至于保持烛火通明的方法，笠翁提供了"多点不如勤剪"的六字诀。因为烛芯烧焦之后，光线自然渐趋昏暗，必须将烧焦的部分剪除，才能再放光明。不过歌台上的灯烛，大多是高处悬挂着的，要剔除烛芯，其一是用长三四尺的长剪，其二则是灯用绳索轮盘升降，如此便可轻而易举地剪除烧焦的灯烛芯了。

13. 笺简

信笺简牍，自古及今，变化万千，其中花式或人物器玩，或花鸟昆虫，无一不肖其形，无日不新其式，可说是工巧至极了。但既为笺简，总不能离题太远，如鱼书雁帛、书形册面、石壁蕉叶乃至回文织锦，等等，一方面固然可以作为图案美化，而同时它们与信函诗文的关系也较为密切，以之入于笺简，谁云不宜？笠翁的芥子园书坊便曾经依此印过韵事笺八种、织锦笺十种，而大大地风行一时呢！

二、位置部分

器玩未得之时,所费心的全在于如何购求;等买到手之后,讲究的便是怎样安置摆设的事了。安置器玩与任用人才,可说是同一道理。设官授职,务求人地相宜;而安器置物,则必求其纵横得当。假使以刻刻需用的物品置之高阁,时时防腐的东西却列于案头,那就好像将理繁治剧的人才安顿在清静无为的职务上一样。其他如方圆曲直、齐整参差,也都有就地立局之方、因时制宜之法。能够在这些地方多加用心,使人登堂入室之后,见物物都非随意摆设、事事都足见深情,那么个人的才情兴味也就表露无遗了。至于其中至理,笠翁认为有以下两个原则。

1. 忌排偶

陈列器玩,切忌排偶,这是耳熟能详的说法。笠翁亦同意此一原则,不过须进一步分辨清楚,因为排偶之中,也还有着区别呢!譬如说有似排非排、非排是排,又有排偶其名、不排偶其实的,都应该疏明其说,以备讲求。天生一日,又出一月,似乎是一种排偶的现象。但二者并不同时出现,且又有极明微明的差别,这就是同中有异,不能视之为排偶的。我们所当切忌的排偶,乃是指那种刻意的做法。如左边安置一物,右本空无,而非求一形色俱同者与之并列不可,这就未免太露痕迹了。至于像雌雄二剑、鸳鸯二壶之类的器物,原是成双成对在一起的,又何必强加分开呢？即要避免过分排偶之迹，则或者比肩其形，或连环其势，使二物并列而有合一的感觉，不也就灵变而不致呆板了吗？一般说来，摆列的方法，主要的当然是与时变化，就地权宜，依器玩的形体韵致而做安排。而若要勉强介绍一二的话，那么像三件的器物，则宜作品字格，或一前二后、一后二前，或左一右二、右一左二，此所谓错综是也。四件的器物则适合摆成心字及火字格，选择其中或高或长的一件为主体，其余则前后左右排列，而注意彼此的疏密断连，此又所谓参差是也。

2. 贵活变

屋中陈设妙在日异月新，如果不知随时变换，而使器物像生根般终年匏系一处，望之陈腐不堪，则人的生机也因此委顿不振了。须知道眼界关乎心境，人想要心思灵活，必先触目所见，尽是跃动活泼的景观。一家之中，除了房舍无法移动，其他则都可以活变。甚至房舍虽不能移动，也还有起死回生的办法来补救。譬如有几进深的大宅院，我们不妨选择其中高低广狭之尺寸不过分悬殊的，请工匠将其窗棂门扇都制成同样大小却不同花式，如此交相更替，自然耳目一新。房舍尚且可以变化，更何况其他较小的器物了。或者是卑者使高、远者使近；或者是一物收贮多时，而使人有一旦乍见之喜；或者是数物混处既久，而使忽然隔绝。总之务使分合变化、衍幻多端，则分明是无情的器物，却日久而成有情的朋友辈了。

第三章 饮食的风味与处理

一、蔬食部分

笠翁生性自然，爱好宁静适志、与世无争的生活。所以对于人身上的眼耳鼻舌、手足躯骸各种器官，他认为件件都不可少，唯独口腹二者则大可不必有。因为有了口腹之欲，生计自然日趋繁杂；而生计一繁杂，诈伪奸险的事情也就层出不穷了。恐怕造物者有见于此，不免要后悔赋予人类这两样器官吧？或者即使赋予口腹二物，也应当使如鱼虾之饮水、蜩螗（tiáo táng）之吸露，就能滋生气力了。如此既无所求，当然也就不该有所争了。

只可惜一切终究是空谈罢了。口腹既存在于人身，便不能不讲求饮食之道。笠翁认为依据丝不如竹、竹不如肉的声音之道，那么饮食一事，也应该是脍不如肉、肉不如蔬，这一切无非是因为渐近自然的缘故。草衣木食，乃上古之风，人疏肥远腻，食蔬蕨而弥觉其甘，自也有其天然之味了。这也就是笠翁在他的《饮馔部》中，先蔬食而后肉食的理由了。以下略论各种蔬食。

1. 笋

从来论蔬食之美味的，总不外清洁、芳馥、松脆而已，却不知道蔬食之所以能居肉食之上的至美，其实全在于"鲜"之一字。不过真正蔬食的鲜味，只有山僧野老以及自己种菜的人得以享有，向菜贩购买的城市中人恐怕是永远没有这等口福的。当然，其他蔬食，不论城市山林，只要宅旁有片菜圃，可以随摘随煮的，也

· 147

闲情偶寄：艺术生活的结晶

就能时有此乐了。唯独笋之一物，则断断乎宜在山林。因为这种蔬食中第一品的竹笋，城市中所产，味道终究不如。有关笋的吃法之多，可说是不胜枚举。至于基本原则终不外乎"素宜白水，荤用肥猪"。吃斋的人食笋，如果拌上其他的东西，再和上香油，则笋的真趣就荡然无存了。只要白煮熟了之后，略加酱油即可。从来至美的东西，都利于单独，像笋就是一个明显的例子。若要用笋来伴荤，则牛、羊、鸡、鸭等物都不合适，最恰当的莫过于肥猪肉了。因为肥肉能甘，甘味入笋，便觉其鲜无比。所以烹熟之后，不唯肥肉当全部拿掉，即汁也不该多存。最好是留下一半，再加上一些清汤，而后调和些许的酒与醋就可以了。另外也可以将笋熬作高汤，供作任何菜式的调和之用，就好像中药的甘草一般，有之便觉一切鲜美。笋之可口益人，由此可见一斑。苏东坡诗有云："宁可食无肉，不可居无竹。无肉令人瘦，无竹令人俗。"其实未成竹时的笋，却可以同时疗俗疗瘦呢！

2. 蕈（xùn）

要举至鲜美的东西，大概笋之外，就得首推蕈了。蕈之为物，无根无蒂，不知其所自来地就忽焉冒出，要说的话，只能说它是山川草木之气所凝结成形的了。这种东西素食固然不错，伴以少许荤食尤佳，因为蕈的清香有限，而汁的鲜味却是无穷啊！

3. 莼

陆上的蕈、水中的莼，可以说都是清虚的妙物。笠翁就曾经以此二物作羹，再和上蟹黄、鱼肋，取名为四美羹，朋友吃了之后，无不称赞连连而谓今后再无下箸的东西了。

4. 菜

一般人制菜的方法，自新鲜以至于腌糟酱腊，可说是百怪千奇，而无不曲尽奇能，务求至美。但问题是如此费心于制作，却忽略了最根本的关键。其实要注意的话，说穿了也很简单，那就是"摘之务鲜，洗之务净"八字诀而已。务鲜的说法，在论笋一项中已提及。至于洗菜的方法，入水宜久，因为久则附着菜上那些干掉的污秽便可浸透去除了。另外洗菜叶时最好用刷，这样即使高低曲折的地方，也都能涤尽无遗。否则菜不清洗干净，就好像以它上面的污秽做调味料一样，再怎么苦心烹调，不都白费工夫了吗？

天下之大，可说是无所不有，自然蔬菜种类之多，也不是我们所能尽知遍尝的了。依笠翁个人心得，他认为安肃的黄芽，可推为菜中第一品，其次则数白下的水芹。至于色相最为奇特的，大概要算是西秦所产的头发菜了。

5. 瓜茄瓠芋山药

瓜茄瓠芋这些菜，都是吃它们果实或块茎的部分，所以食用时，不只可当菜吃，实亦可当饭进用了。一物两用，既美味又俭省，为贫穷人家最欢迎购食之物。不过煮食之际，却也各有其法，如煮冬瓜、丝瓜忌太生，煮黄瓜、甜瓜则忌太熟。茄、瓠最好用酱醋而不宜用盐，芋头则必须伴他物同煮，否则便毫无味道。山药为蔬食中的通材，所以如何烹调都无不可。

6. 葱蒜韭

葱蒜韭三种，乃是菜味至重之物。大概菜能芬人齿颊的，当推香椿头，而会秽人口气肠胃的，则非葱蒜韭莫论了。不过奇怪的是，椿头明知其香，食用的人并不多；葱蒜韭的臭味，人莫不识，而嗜之如命的却大有人在。这或许是因为一种虽香而淡，另一则纵臭却浓吧？浓则为时俗所争尚，淡则为世人所遗忘，不只是菜食如此，人情莫不皆然，笠翁于此还领悟了一些道理。但这几种菜，笠翁却是从不入口的。

7. 萝卜

生萝卜切丝做小菜，拌上醋或其他佐料，用来配稀饭是最好的了。不过吃完后经常会打嗝儿，吐气颇臭，容易使人因而掩鼻。当然，若煮熟之后，则辛臭之味便不复存在了。这是萝卜和葱蒜韭不同也是它较为可取的地方。

8. 芥辣汁

菜中之具有姜桂之性的，那就是辣芥了。以陈年芥子制辣汁，用来拌物，则无物不佳。吃芥辣汁就好像乍闻谠论一般，为之豁然清爽，大呼痛快。

二、谷食部分

食物之生养人类，全赖五谷。假使老天只生五谷而不产他物，则人类的健康长寿，必然会比目前的情形更好才对。试看看鸟之啄粟、鱼之饮水，都只靠一物为生，如果不是人类的捕杀加害，它们不是都活得非常自得吗？人之所以不免于疾病死亡，都是饮食太繁、嗜欲过度的缘故，不过这恐怕并不是造物者赋予人类口腹器官时所料想得到的。而既已如此，至少我们的饮食，也应该以谷物之一为主，其他则虽也杂食酒肉，为害或许就不会那么严重了。

1. 饭粥

粥饭这两种东西，乃是家常日用所需，其中道理，几于无人不知、无人不晓。不过仍有最关键的两句话必须道破，那就是"粥水忌增，饭水忌减"。因为一般人煮粥饭的毛病，不是火候不均，就是挹水无度、增减不常。如此则徒然有粥饭的外观，却一点也尝不出它们的美味。所以熬煮粥饭，最重要的便是米用多少、则水用多少，必须有一定的用度。就好像煎煮中药，水一钟或半钟、煎到七分或八分，都有其严格规定，否则药味不出，药效就得大打折扣了。大概在煮粥饭时，我们总是担心粥水太少、饭水过多，而往往随意增减，以致弄得原味尽失。这就是笠翁深刻的体验，以提出开示大众。其他笠翁还提供了一种精烹米饭的方法，那就是饭刚熟的时候，淋上一些花露，再闭盖焖熟，如此则香味袭人，入口过瘾之至了。而花露之制造，以蔷薇、香橼、桂花三种为较适合。像玫瑰味道太重，与谷性不合，最好避免。

2. 汤

汤就是羹的别名。而羹之为物，事实上是与饭同存并设的。无羹则饭不能下，所以烹熬羹汤，乃是用以省俭的方法，而非奢靡的花费。古人喝酒，便有下酒的东西；同样地，吃饭也应该有下饭的东西。而饭就好像是船一样，羹犹水也，非水则船不能下。笠翁一向并不富厚，他主张"宁可食无馔，不可饭无汤"，或许正因为如此吧。

3. 糕饼

谷食中之有糕饼，犹如肉食中有脯脍一样。《论语》中有云："食不厌精，脍不厌细。"笠翁认为制糕饼的人必须能兼而有此二句，因为食之精者，米麦是也；脍之细者，粉面是也。如此之后，才能进一步讲求技巧的工拙。笠翁既不是专业制者，所以就只简单地提供了"糕贵乎松，饼利于薄"的八字原则。

4. 面

南方人习惯米食而北方人偏嗜面类，这是大家所熟知的事实。《本草》中说："米能养脾，麦能补心。"足见二者各有补益。笠翁三餐之中，二米一面，即是斟酌南北之道。不过北方人吃面，喜食面饼，南方人则习惯煮条状的切面。笠翁亦常吃切面而有所不同，因为一般南方人往往是将油、盐、酱、醋等佐料下于面汤之中，所重在汤而不在面；笠翁则以调和的东西尽归于面，如是而面具五味、唯汤独清。笠翁公开了他自创的五香面、八珍面两种食谱。五香面是先用椒末、芝麻屑拌到面里面，然后再以酱、醋以及煮蕈煮虾的鲜汁和到面中，仔细拌匀，接着再冲入滚水。至于八珍面，则是将鸡、鱼、虾三种挑出的肉晒干，与鲜笋、香蕈、芝麻、花椒四物一起剁成极细之末，加上鲜汁，一共为八种。

5. 粉

粉的名目甚多，其中常有而比较适用的，则大约有藕、葛、蕨、绿豆四种。藕、葛两种，不用下锅，只要以滚水冲调，就能变生成熟。俗话说："有仓促客，无仓促主人。"怕客人上门，匆促之间，没什么好招待的，那就多准备些藕粉、葛粉便可以了。同时救急疗饥乃至舟车旅行，也是非常方便的。至于粉食中较耐咀嚼回味的，首推蕨，其次为绿豆。大凡东西入口，不能即刻咽下，而又希望能咀之有味、嚼之无声的，方可称为妙品。笠翁遍尝各类食饮，即以为蕨粉、绿豆粉的调配食用，或可称之如是。

三、肉食部分

古人常说"肉食者鄙"，其实所鄙的不是他食肉，而是接着所说的"未能远谋"。或许肉食者不善于运用脑力，乃因为肥腻结而为脂，以致蔽障了胸臆吧？譬如野兽中的老虎，非肉不食，却是标准的有勇无谋的典型。而不论肉食之与智巧有无必然关系，食肉太多终究不是养生善后之道啊！以下分别介绍各种肉食。

1. 猪

食物而以人传名的，东坡肉可说是最著名的例子了。乍听之下，似乎讲的不是猪肉，而是指东坡的肉呢！此外还有什么眉公糕、眉公布之类的名称，也流行四处，至于最糟糕的恐怕要数眉公马桶之名了。由此足见名士游戏的行为固无不可，却很有可能惹来无穷祸灾，又怎么能够掉以轻心呢？笠翁自谓对猪肉一物，也颇有心得，只不过怕重蹈苏东坡的覆辙，便不敢多费唇舌了。

2. 羊

食物之折耗最重的，大概首推羊肉了，无怪谚语有云："羊几贯，账难算，生折对半熟就半，百斤只剩廿余斤，缩到后来只一段。"大抵羊肉百斤，宰割之后便只得五十斤，等到煮熟罢，便剩得二十五斤而已了。不过生羊易消，人人皆知；熟羊易长，则少有人知道。初吃时不觉其饱，等吃了以后却渐渐饱胀，这是熟羊易长的证验。所以行远路，或出门办事，仓促间无法进食的，吃羊肉可说最适合不过了。正因如此，吃羊肉也就必须特加节制，否则大快朵颐之后，便不免于胀痛难受，以致伤脾坏肚了。

3. 牛犬

猪、羊之后，原本就该论及牛、犬，但因为这两种动物实在有功于人类，劝人不吃都还怕来不及，又怎么忍心大谈进食之法呢？所以笠翁略此二物，接着便谈到家禽类，多少也是孟子书中以羊易牛的遗意。

4. 鸡

严格说来，在古时候，鸡的司晨报晓，也算对人小有贡献了。不过比起牛的力耕、狗的守护，又差了一大截。所以鸡当然还是可以食用的，唯食用之际，或者不妨稍有保留，如有卵者不吃，重不到斤余的不吃。

5. 鹅

鹅肉可取之处，就在于它的肥且甘美，而鹅肉之最出名者，则首推河南固始所出产的。据当地人表示，他们是用人吃的东西来喂鹅，所以鹅肉特别肥美。又曾有人告诉笠翁一种吃鹅的方法，当肥鹅将杀的时候，先熬沸油一盂，把鹅足放到里面，鹅觉沸痛，自然纵入池中跳跃不已。然后复擒复纵，如是者几次，则鹅掌的肥厚甘美，简直无可与比。不过这种吃法到底太残忍了些，笠翁虽转述其说，却也不忍尝试。

6. 鸭

禽类中之善养生的，雄鸭可算是一种特殊的例子了。这只要从人们的品味，便可略窥端倪了。诸禽尚雌而鸭独尚雄，诸禽贵幼而鸭独贵长，这种习惯的养成，又岂是徒然的？无怪乎养生家有言"烂蒸老雄鸭，功效比参蓍"了。试想使物不善养生，那么精气必为雌者所夺，而情窍一开之后，更是日长而日瘠了。雄鸭之能愈长愈肥、皮肉至老不变，恐怕就在于它的习惯、行为，暗中有合于养生之道的地方吧。

7. 野禽野兽

野味之逊于家味的，在于它的不能尽肥；而家味之逊于野味的，则在于它的香气不足。家味之肥，乃因无须自行觅食，而安享其成。野味之香，却是因为以草木为家，行止自若。不过如果两者不得兼的话，恐怕一般人还是舍肥从香吧。

8. 鱼

吃鱼的首重在鲜，其次则在于肥。肥而且鲜，可以说鱼之最美味了。不过多数的鱼往往不能兼具，而各有所重。如鲟、鳜（jì）鲫、鲤这一类的鱼，都是以鲜取胜；而鳊、白、鲥、鲢等，则又以肥称美。鲜鱼适合清煮做汤，肥鱼则宜于厚烹做脍，可说是各有千秋。而烹煮的要领，全在火候恰到好处。另外还要注意一点，那就是煮鱼之水切忌太多，因为水多一口，则鱼淡一分。所以要保持鱼的鲜肥，而又不担心火候的，最好是用蒸的方式。只要加上姜、蕈、笋等佐料，以及酱油、酒，盖紧蒸熟，则随时都可以端出飨客而不必担心鲜肥与否了。

9. 虾

如果说笋为蔬食中所必需，那么虾就是荤食中所不可或缺的了。善于烹调荤食的人，用熬虾的汤和入其他食物，则物物皆鲜。不过笋有益于其他菜肴的烹调，也可以单独作为一种菜式；虾却只能作为配料，而很少全部以虾成菜的。

10. 鳖

"新粟米炊鱼子饭，嫩芦笋煮鳖裙羹。"居住山林中的人常因这两道菜而津津乐道，得意不已，则其味道的鲜美也就可想而知了。笠翁自谓所有水族类的食物，无不嗜食，唯独不喜欢"吃鳖"。总觉吃多了，便会口干舌燥。有一次邻居捕得巨鳖，用来招待大家，结果中毒死了很多人，笠翁却因不喜欢而逃过了劫难呢。

11. 蟹

笠翁尝谓饮食的甘美鲜肥，他没有一样不能说出来的。唯独对于蟹螯一物，尽管心嗜口甘，无时无地不能或忘，而却无法说清楚它之所以可嗜可甘的道理。每年在蟹螯还没有出产时，笠翁就早已储钱以待了。家人都笑他是以蟹为命，他也就笑呼这些钱为买命钱了。从开始出产到结束，几乎是无日不吃。除此之外，还用瓦瓮美酒来做糟蟹、醉蟹，以供慢慢品尝。蟹的味道极美，却往往被吃的人破坏了。拿来做羹的话，鲜是够鲜了，但是蟹的美质何在？用来为脍，肥美是够美了，同样地，蟹的真味也就丝毫不存在了。更糟糕的还有将蟹断为两截，沾上油盐豆粉来炸的，如此一来，蟹还能称之为蟹吗？因为蟹的鲜而肥、甘而腻、白似玉而黄似金，可以说是色香味三者兼具，又何必多此一举地加上别的东西呢？所以吃蟹最好而又最简单的方法，就是保存它完整的外壳，蒸熟之后剥而食之，如此则气味纤毫不失。同时还要讲究一点，蟹之与瓜子、菱角三种食物，必须是自己一面剥一面吃，才有乐趣。否则人剥我吃，便觉索然无味了。

12. 零星水族

笠翁一生游踪遍及天下，三江五湖，无所不往。所吃的水族食物，自然也是不少，而也才深切明白天下万物的繁多，再也没有比水族更超过的了。书中所标出名称的，恐怕还不到它的十之六七呢！譬如说吴门京口一带，有一种俗名斑子鱼的，柔滑甘美，可说是鱼中至味了。而遍查书籍，却不见有记载的。

至于说到海味中特殊的东西，大概福建一带所产的西施舌、江瑶柱两种，便常是大家艳羡而求之不得的。另外北海的鲜鳓，

闲情偶寄：艺术生活的结晶

甘美绝伦，也是具有特色的海味。江南的河鲀（河豚），最为当地人所称尚，不过烹饪时所需佐料多达十几种，而又缺一不可，则确实是麻烦了一些。倒不如鲚鱼，既较省事，且愈嚼愈甘，还来得引人啖食呢。

第四章 花木的种植与赏鉴

下篇　日常生活的赏鉴

一、木本部分

　　草木的种类极杂，约略区别的话，大概可分为木本、藤本、草本三类。木本植物坚实而不致痿垂难振，寿命较长，这是因为根深的缘故。藤本植物的根部较浅，所以枝干软弱而必待扶持，寿命则以一年一年来计算。至于草本植物的根部则更浅，所以经霜辄坏，寿命自然也就只有一年了。由此可见根之一物，乃是万物久暂长短的基本。要想有丰硕的成果，必先稳住它的根本。可说这种老农老圃的经验谈，事实上也就是我们养生处世之方啊！譬如说一个人能够虑后计长，事事如木本植物般扎根深稳，则见雨露之惠，既无须欣然色喜；而遇霜雪之灾，也不必瞿然心惊了。而如果不讲求个人德业的笃实培养，一心只求苟延，那便像藤本植物一般，只能因人成事了。至于那种只看眼前，不论明日，不知根为何物的人，则可以说是草本植物之流了。

　　以下依照顺序，先介绍一些重要的木本植物。

　　1. 牡丹

　　牡丹花之称王于群花，世俗往往如此说法。笠翁原本相当不服，认为即以芍药而言，其色其香，也都丝毫不逊于牡丹。后来看《事物纪原》一书的记载，提到武后冬月游赏后苑，群花俱开而牡丹独迟，后来遭贬洛阳，念及牡丹的不为春暖所动，一意独行，不禁心有戚戚然。是则牡丹的称王，乃出于武后的特意垂爱，

· 161 ·

而又关乎它那种无视众卉、傲然独树的性格。笠翁自是对牡丹的称王，也就不持异议了。尤其花原有正面、反面、侧面，正面向阳，乃是种花所必需的。不过其他花卉尚可勉强适应，只有牡丹不能稍作通融。这种坚持不回的性格，更是促使笠翁进一步喜爱牡丹的主要原因。

2. 梅

花之最先者为梅，果之最先者则为樱桃。而梅花既为最先，固然可堪赏玩，却也自有它的问题存在。冬日梅花一开，则风送香来。然而香来，寒亦随之踵至，令人开户不得。是可爱者风，而可憎者也是风了。雪可助花妍，不过雪冻赏花亦冻，使人去留两难，则对赏梅而言，是有功者雪，而有过者也是雪了。所以在苦寒梅开的时候，如有林和靖那种以梅为妻的雅癖，便必须妥善地备好遮蔽的用具，否则乘兴而往，难免就要败兴以归了。观梅者山游必带帐房，游园则设纸屏，如此坐对梅花，手握美酒，岂不是冬日一大赏心乐事？

3. 桃

平常提到花卉，一般人总是很自然地就举桃李二者，这或许是因为最通常的颜色，不外红白二种，而桃色为红之极纯、李为白之至洁吧。不过今人所看重之桃，早已不是古人所爱赏之桃了。今人所重，主要在于口腹的享受。殊不知桃实要鲜美可口，必经接枝；而一接枝之后，桃花的颜色也就破坏了。我们常形容美人面貌为桃腮、桃靥，指的都应该是那种未经接枝的天然桃花。只可惜如此的桃花，唯有乡村的篱落之间偶能见之了。

4. 李

李与桃齐名，同为花中领袖，然而桃色可变，李色却终不可变。自从有这种花以来，始终纯白不染，可见风格之高了。李树的寿命也较桃树为耐久，大概超过三十年才逐渐老化。而即使枝干干枯了，结子仍大，可见它的得天独厚了。

5. 杏

民间流传一种说法，如果种杏树而不能结实的，则系上一条未嫁姑娘的裙子，自然会结子累累。这当然是有些迷信，不过笠翁却在试验后相信了。至于为何如此，那就不得而知了。

6. 梨

笠翁住处曾数次迁移，所到之处，除荔枝、龙眼、佛手这些吴越之地不出产的花木外，其余一切花果竹木，几乎没有不种植处理过的，唯独梨花却一直遗憾不能拥有。对于梨花，笠翁是爱赏其花甚于嗜食其果。因为梨子合吃的并不多见，而梨花的耐看，则是无一不然。宋人有诗云："梅须逊雪三分白，雪却输梅一段香。"其实梅雪各擅胜场，或许难分轩轾，梨花却是既白又香，兼具两美的呢！

7. 海棠

一般人总是挑剔说海棠有色而无香，其实这完全是苛求的说法。更何况海棠也不尽没有香气，只不过是存在于隐约之间，又不幸被艳丽的花色所掩盖而已。我们由郑谷诗中所咏之"朝醉暮吟看不足，羡他蝴蝶宿深枝"，便不难想象海棠吸引蝴蝶的香气了。

· 163 ·

海棠中的秋海棠一种，较之春花更妩媚。因为春花像美人，秋花更像美人；春花像美人中已嫁而成熟的，秋花则像未嫁而楚楚可怜的美人了。相传秋海棠的成花，乃是一位怀人的女子涕泣洒地而生的，所以海棠也叫作断肠花。至于春海棠则颜色极佳而较娇贵，不像秋海棠的移根即活，随处可栽，可说是豪富人家园亭必备的花木了。

8. 玉兰

花色纯白的植物尽管不少，但总不免于花叶相乱。玉兰花则是不叶而花，与梅花同一韵致。尤其千千万蕊，一时尽放，更是风雅盛事。只是花朵无不忌雨，而玉兰花为尤甚。一树好花，只要半宿微雨，便都变色腐烂，乏趣可憎至极。而且别的植物，群花开谢以时，谢者即谢，开者却依次再开。唯独玉兰花则是一败俱败，转瞬便半瓣不留了。俗话说："弄花一年，看花十日。"事实上对种植玉兰花的人来说，有时等待经年，还得不到一朝玩赏呢！

9. 辛夷

辛夷，又名木笔、望春花，一种花卉有好几种名称，所谓名有余而实不足的，像这种辛夷花就是了。不过辛夷花并无殊色，除非是园亭极广，无一不备的，否则就大可不必栽植了。

10. 山茶

花中最不耐开，一开即落的，大概要数桂花与玉兰了。至于最能持久而又愈开愈盛的，则是山茶、石榴。不过石榴之久，还比不上山茶。榴叶经霜即脱，山茶却是戴雪而荣。然则山茶花兼具松柏之骨、挟桃李之姿，历经春夏秋冬而如一日，可以说是草木中的神仙之品了。更何况它的种类极多，由浅红以至深红，无一不备。浅色的如粉如脂、如美人之腮、如醉客之颜；深色的则如朱如火、如猩猩之血、如鹤顶之珠。浅深浓淡的韵致，山茶以一物而兼具，也算是花卉中特殊的了。

11. 紫薇

一般人总是认为禽兽有知而草木无知，其实禽兽草木尽是有知之物，只不过有着程度深浅的区别而已。像紫薇的怕痒，乃是众所皆知的现象，又如何可以说草木无知呢？能体认到这一层，则对万物自有另一副心肠。

12. 绣球

天工的巧妙，可说在绣球花上显现到了极点。其他的巧妙，纯用天工，而绣球花则诈施人力，看起来似乎是人力所做的一般。造物者这样的安排，或许也有它的深意吧？因为不如此，又如何能显示人力所达、造物无不能，而造物所臻，人力实有所穷呢？

13. 紫荆

紫荆花枝柯少而又无树叶，贴树生花，望之虽然如紫衣少年，亭亭独立，但总觉衣瘦身肥，不太贴衬。所以这种花如果不是因为春花多红少紫，可用来点缀林园的话，实在是可有可无啊！

14. 栀子

栀子花原也没什么特色，不过有些类似玉兰，多少可用以取代。而且玉兰忌雨而它不忌，玉兰齐放齐凋而它则次第开落。

15. 杜鹃、樱桃

一般人重樱桃，主要是在它的果实而不在花；欣赏杜鹃，则是因为它乃西蜀的异种，并非处处得见的缘故。否则就花而论，实在也没什么特殊之处。

16. 石榴

笠翁居住的芥子园，占地不及三亩，而屋宅、山石就居其中的三分之二了。剩下的空间可说相当有限，但光是较大的石榴便有四五棵。所以说点缀宅院，使不致冷清落寞的，固是石榴；而盘踞园中，以致无法尽栽其他花卉的，也是石榴了。幸好能利用石榴特性，加以运作规划，倒也不觉累赘。譬如说石榴喜压，那么就在它的根部借势堆垒假山；又如石榴向阳，则在它的荫下构屋。如此既可充分利用空间，又能转化石榴之性为我们休憩赏玩的凭借，何乐而不为呢？

17. 木槿

木槿花朝开暮落，以人观之，可以说是够可怜的了。不过这终究是人的看法，说不定花而有知，却认为一天已经够久了呢！更何况换另外一个角度来看，花开花落的时间，虽然极为短暂，却也极为固定。反倒是人生百年，长久固然是较为长久，而并没有一定不移的时间。如果人的生死能像木槿那样的确定，或许生前死后的事情，便都可以自己安排得妥妥当当了。能作如是观，那么人也才会体认到人不如花的地方，而不至于处处以自己为中心了。

18. 桂

秋花之香，没有能过于桂树的了。桂树既是传说里的月中之树，那么它的香气自然也是天上之香了。可惜的是桂树开花总在乍然之间一树尽放，所以笠翁曾经有一首《惜桂》诗写道："万斛黄金碾作灰，东风一阵总吹来。早知三日都狼藉，何不留将次第开。"大概盛极必衰，乃万事万物盈虚之理。如果富贵荣华一蹴而至，那就不免于像桂花般地开落了。

19. 合欢

萱草可以忘忧，合欢能够解愤，可说都是有益人类情性的植物。而要种植合欢，最好在深闺曲房之地，不使出于庭外。因为这种树之所以名叫合欢，乃在于它的朝开暮合，每到黄昏以后，枝叶便互相交结。把它植置闺房，不无增加气氛的作用。

20. 木芙蓉

水芙蓉之于夏，木芙蓉之于秋，可算是这两个季节的功臣了。然而水芙蓉必须池沼乃可，终不如木芙蓉随地可种来得方便。凡是有篱落的人家，则木芙蓉的栽种，实在不可或缺。

21. 夹竹桃

夹竹桃这种植物，笠翁认为花尚有可观，而名字却取得不太

· 167

好。因为在一般人的看法里，竹象征着有道之士，而桃则代表了美艳佳丽。所谓"道不同不相为谋"，将竹与桃合来命名，实在是矛盾之至。还不如改为"生花竹"，去掉一个桃字，便觉妥当多了。而且松、竹、梅素称三友，其中唯独竹子无花，有了生花竹之后，或可稍补缺憾而平添韵事呢！

22. 瑞香

依据诸书的记载，瑞香一名麝囊，会分泌麝味般的香气而损害其他花卉。如果说莲是花中的君子，那么瑞香便是花中的小人了。幸好它盛开时当冬春之交，这时其他花卉除梅花、水仙外，都尚未开放，所以为祸还不至于太厉害。

23. 茉莉

茉莉花可说是天生为助妆以饰妇人而设。因为别的花都在早上开放，唯独茉莉夜晚开花，可藏起来用待晓妆。而且别的花蒂都没有小孔，只茉莉花有，刚好可以穿簪佩戴。种别的花木，或许是用来作为男子的赏玩，而茉莉花却可以说专为妇女而生了。

二、藤本部分

藤本的花木必须扶植，而扶植的器材，则以常用的竹屏为最恰当。竹屏上或是方其眼，或是斜其槅，总要纵横编织，使花叶能攀缘而上。而内外之人便在红紫错落的间隔下，可望而不可亲了。不过茶坊酒肆之中，也逐渐使用竹屏。有花即用以种花、无花则用来代替墙壁。用得太过浮滥，遂使竹屏无形中沾染了一身市侩气。这就像一般人取别号，每每用川、泉、湖、宇等字，开始时未尝不新、未尝不雅，等到奸商巨贾也群起效尤，沿用一滥，那就不免于庸俗了。当然，藤本花木也不能听任它们随地滋蔓，所以唯一的办法，便只有仍用竹屏，而在形制上多加变化以见巧思了。以下介绍几种常见的藤本植物。

1. 蔷薇

结屏之花，当推蔷薇为首。而蔷薇的可爱，主要在于种类繁多、颜色不一。因为屏间花色，贵在五彩缤纷。其他像木香、荼蘼、月月红之类的藤本花木，种类不多、花色有限，想要相间搭配，势必得旁求于别的花木。只有蔷薇花种类极多，无论赤、红、黄、紫，乃至于黑，应有尽有；而就是红之一色，还可以细分为大红、深红、浅红、肉红、粉红。如是则同为蔷薇，却条梗蔓延交错，而姹紫嫣红，美不胜收。

2. 木香

木香花密而香浓，这是它稍胜于蔷薇的地方。不过花色较少，结屏单靠此种，则未免冷落，所以经常是配合蔷薇种植。恰好木香条干蔓延起来较蔷薇为远，以木香攀屋、蔷薇作墙，长短相济，可说是两全其美了。

3. 荼蘼

荼蘼之品，不及蔷薇、木香，却仍然是屏间所不可或缺的植物。

因为它的花期比较慢，正好可以接续上述两种花的不继。所谓"开到荼蘼花事了"，固是事实，却不免要为之意兴索然了。

4. 月月红

俗话说："人无千日好，花难四季红。"其实四季能红者，并非没有，至少月月红便是一种了。这种花有红、白及淡红三类，结屏时必须同植，颜色才能搭配醒目。而奇特的是，月月红断而能续，所以笠翁在长春、斗雪、胜春、月季等别名之外，又将它取名为断续花。

5. 姊妹花

花的命名，没有比姊妹花更贴切美妙的了。其中一蓓七花的叫七姊妹、一蓓十花的叫十姊妹。而仔细观察它的浅深红白，也俨然有着长幼秩序之分。笠翁极喜爱此花，并植两种，而汇其名为十七姊妹。不过由于蔓延太快，往往溢出屏外，有时日刈月除，也确实令人不胜其烦呢！

6. 玫瑰

花中有利于人而无一不为我用的，芰荷是也；至若有利于人而无一不为所奉的，则玫瑰是也。其他的花大都是娱目而已，玫瑰却是可囊可食、可嗅可观、可插可戴，可说口眼鼻舌以至肌肤毛发，都在玫瑰花所娱所奉之列了。

7. 素馨

素馨花柔弱不堪，几乎没有一枝一茎不须扶植的，无怪笠翁会称它为可怜花了。

8. 凌霄

藤本植物中望之最让人肃然起敬的，莫过于凌霄了。但是攀缘高耸，如天际真人般不得而招，却又不无可恨之处。想得此花，必须先准备奇石古木以待，否则便无依附而不生。奇石古木既非朝夕可成，那么要观赏凌霄花，只有往深山一行了。

9. 真珠兰

这种花的花与叶，其实并不像兰花。所以取名为兰，主要是香味相近的缘故。兰花的香味，与之久处的往往不觉，或是骤遇，或是疏而复亲的人才能闻到。真珠兰也是如此，适于久闻而不耐急嗅。所以大凡乍见之下便觉可亲的，只能说是人中的玫瑰，而非朋友的芝兰啊！

三、草本部分

草本植物之花经霜必死，其中能死而不死，到春天又复萌芽滋生的，那是根还存在的缘故。世俗常有一种花不待时、催使先开的办法，或用沸水浇根或用硫黄代土。而由于温热的关系，花是先开了，但花一败之后，树也就随之枯萎，那是因为根也死了。

由此看来，人的荣枯显晦、成败利钝，也同样不足为凭，主要仍在于他的根本是否扎实稳固。根本犹在，则虽然处厄运之中，

闲情偶寄：艺术生活的结晶

犹如霜后之花，它的再度开放，自是指日可待的事。否则就是荣华显耀，终究如奇葩烂目，总非自开之花，它的枯萎朽腐，也是坐而可待的啊！须知道世间万物，都是为人而设。所谓观感一理，供人观者，即备人感。然则花草树木之生，又岂是只供耳目赏玩、情性娱悦的吗？以下择要介绍一些草本植物，俾作参考。

1. 芍药

芍药之与牡丹，可相互媲美。不过前人以牡丹为花王，而往往称芍为"花相"，实在是冤枉之至。遍翻有关种植的书籍，谈到芍药，不是说它的"花似牡丹而狭"，就是说它的"子似牡丹而小"，处处借牡丹为比。足见前人的品评，全由表面皮相而来，并不能真正赏识到芍药的美质精神。品花之道的困难，由是也就可见一斑了。

2. 兰

所谓兰生幽谷、无人自芳，然而若幽谷真无人迹，那么兰芳又谁得而知之、谁得而传之呢？其次我们论交友，也往往喜欢说："如入芝兰之室，久而不闻其香。"既然不闻其香，那与无兰之室又有什么分别呢？所以笠翁认为芝兰之性，毕竟是喜欢与人相伴，毕竟是希望人闻其香气的。但是相与贵乎有情，而有情务在得法。苟能如此，则坐芝兰之室，自然是久而愈闻其香了。大概兰花初绽放时，便应该移动它的位置，使外者内之、远者近之，有别于其他未花的盆兰而便于赏玩。其次位置一摆好之后，旁边又宜于供设书画炉瓶等器玩，使之辉映出色。另外芝兰之室，唯恐久而无香，所以最好不要逗留太久，出而再入，则后来的香气，便觉倍乎前次了。如此赏兰，而情意之相系，自然是殷殷深切啊！

3. 蕙

蕙之与兰，犹如芍药之与牡丹，相去都只是一线之隔。偏偏世俗的人执着于成见，总谓蕙花不如兰花，香气也远逊于兰，遂都贵兰而贱蕙。其实蕙诚然略逊于兰，而它之所以逊色的地方，不在花与香而在于叶。大概蕙之叶既长又肥，遂使其花相形见绌，显现不出兰花那种飘逸匀称的美了。因此善用蕙者，全在于留花去叶、痛加剪除。选择较狭而稍薄的叶子，十存二三，又都剪之使短，俾望之兰叶相若。蕙的花期又恰在兰花之后，如此一来，兰蕙的赏心悦目，也就相续不断了。

4. 水仙

笠翁曾自谓春天以水仙、兰花为命，夏天以莲花为命，秋天以秋海棠为命，冬天以蜡梅为命，则他对水仙花的珍爱也就可想而知了。水仙花以秣陵为佳，笠翁之曾卜居秣陵，主要便是为了置身于水仙之乡。而甚至在囊中空乏时，他还不惜典当首饰去购买水仙呢！至于笠翁欣赏水仙，除了它的茎叶、色香，无一不异于群葩，更重要的是它的善媚。妇人中那种面似桃、腰似柳、丰如牡丹、芍药而瘦比秋菊海棠的，所在多有。但要如水仙之淡而多姿、不动不摇而能作态的，却是难得一见了。以水仙二字为名，真是传神贴切之至。

5. 芙蕖

所谓芙蕖，即笠翁夏天珍惜如命的莲花。它与草本诸花，似乎稍有差别，然有根无树，一岁一生，却又有着同样的性质。芙蕖之值得爱赏，事实上也是有它的理由的。一般花的当令，只在于盛开的那几天，至于花开前后，都没什么特殊之处可引人心动的。芙蕖就不一样了，打从荷钱出水开始，便已点缀绿波，平添无限风光。及至茎叶既生，则又日高日妍。有风时固然飘飖作态，就是无风之际，也自然袅娜生姿呢！花未开，尚且先有无穷逸致。花开之后，更是从夏到秋，娇姿欲滴。甚至花谢香残了，仍然蒂下生蓬，亭亭独立，一如未开之花，与翠叶并擎风中。以上所说，还是就眼观者而言。此外，荷叶的清香，闻之爽至；莲实蓬藕的可口，食之香脆。甚至零落之后，摘叶收藏，也可备经年裹物之用呢！由是见之，芙蕖这一种植物，无一时一刻不适耳目的观赏，又无一物一丝不备家常的运用。种植的利益，又有什么能超过它的呢？

6. 罂粟

花中之善变的，没有比罂粟更过的了。所以种植这种花，就好像养豹一样，主要是欣赏它的变化万端。而且就花期来说，牡丹谢而芍药继之、芍药谢而罂粟继之，都是繁盛之至的花木，当然便把大地装扮得多彩多姿了。

7. 葵

花之易栽易盛而又能变化不穷的，可说只有葵花一种了。不过它的叶子肥大可憎，比之蕙为尤甚。俗语说："牡丹虽好，仍需绿叶扶持。"一般人总说树木之难好者在花，殊不知叶子的陪衬，尤其是难能而可贵，葵花美中不足的地方就在于此。

8. 萱

萱花原没什么可取之处，种起来就当种菜一般，主要不过是为口腹之计而已。至于世俗所说的对此可以忘忧，佩此可以生男，都不可尽信。

9. 鸡冠

花的形状往往酷肖某物，如绣球、玉簪、金钱、蝴蝶、剪春罗等，便都是因此而命名。不过这些皆尘世中物，至于能肖天上之形的，便只有鸡冠花一种了。其象氤氲、其文瑳瑳，从上观之，俨然祥云一朵。不知当日取名的人，为什么舍天上极美的东西不名，而偏要索诸人间呢？因为花虽然酷肖鸡冠，但以之为名，不免贱视花容了。笠翁咏鸡冠花的诗有云："时防撒却还珍惜，一粒明年一朵云。"所以他也建议不如就改此花为一朵云。又，鸡冠花有红、紫、黄、白四色以及一种五色的品类，开放起来正如五彩祥云，蔚为可观。

10. 玉簪

花之极普通却又弥足珍贵的，那就是玉簪花了。以之插入妇人发髻之中，几乎不能辨其真假，可说是闺阁妇人所必需的花饰。而留弗摘，又仿佛妇人饰物偶然遗诸花叶之间，也可引人无限遐思。

11. 凤仙花

是一种极微贱的花，只适宜于点缀篱落间。世俗之人拿来作染指甲用，实在是大错而特错。因为纤纤玉指，原妙在了无瑕疵，一染上猩红，便自俗气了。

12. 金钱

金钱、金盏、剪春罗、剪秋罗等几种花，可说都是造物者所作的小巧文字。因为牡丹、芍药一开，则造物者的精华已尽，却续已无可能、欲断又实不可，所以就故意创作此等轻描淡写之物，以为延脉收拾之用。我们试观一年所开之花，其实就像造物者的一部文稿。梅花、水仙，试笔之文也，气势虽然雄浑，到底笔触初运，仍不免于生涩，所以花还不太大、颜色也不甚浓。至及开到桃、李、杏诸花，则犹如文心怒发、兴致淋漓，几乎有不可遏抑之势了。不过虽极横肆，却尚未全然成熟。迨牡丹、芍药一开，则文心笔致，俱臻化境。而从识者观之，一部文稿至此，实在已无以为继了。然则金钱一类的花，乃造物用来填塞纸尾，就好像诗文挥洒既尽，只有卷末附上零星杂著一般了。

13. 蝴蝶花

这种花巧妙至极，因为蝴蝶本就是花间之物，而此花本身便肖蝴蝶，是一而为二了。非蝶非花，不正合庄周梦蝶的神秘梦境吗？

14. 菊

菊花可说是秋天的牡丹、芍药，因为这三种花种类之繁衍相同，而花色的全备亦复不差，所以自来种植之书，叙述这三种花往往都较为详细，以为可以等量齐观。当然其中也自有天工、人力之分，盖牡丹、芍药之美，全仗天工，只要浇水施肥，就必然开放得烂漫芬芳。菊花之美，则略假天工而多仗人力。未种之前，便得选种碎土；种植以后，又有插标认种之劳。接着而来的则是防燥、虑湿、摘头、掐叶、芟蕊、接枝、捕虫的工作。甚至到了花既盛开，也还有防雨避霜、缚枝系蕊的种种麻烦呢！而且必须如此，菊花乃能丰丽美观，否则就如野菊一般，只能用来点缀疏篱了。

15. 菜

菜为至贱之物，而严格说来，也不能算是花之一类。不过积累至贱至卑的东西，到盈千累万之数，则贱者贵而卑者尊了。所谓"民为贵，社稷次之，君为轻"，并非人民真有什么特别尊贵之处，乃在于至多至盛之不容忽视。因此菜圃上的花朵，或许并无殊色，但从数朵到数十百朵，乃至盈阡溢亩、一望无际，却也是洋洋大观，使人心神为之一振啊！

四、众卉部分

草木之类，各有所长。有以花取胜的，也有以叶见长的。以花取胜的植物，则它的叶子往往无足取，甚至如赘疣般最好能去之而后可，葵花、蕙草可说就是属于这一类。以叶见长的植物，则它的花便自可有可无了，因为叶子事实上就是它的花一般。或许造物者原本有意将花的丰神色泽，一起并到这类植物的叶子上。否则绿色就绿色，为什么偏还有红、紫、黄、碧诸般颜色呢？像

闲情偶寄：艺术生活的结晶

老少年、美人蕉、天竹、翠云草这些植物，便是叶色斑斓陆离，令人眼花缭乱。更何况它们的叶子即便仍是青绿色，也还是不同于其他有花的叶子，而卓然另具一种芳姿呢！所以说观群花令人修容，观诸卉则所饰不仅在貌而已了。以下列举几种借供说明。

1. 芭蕉

庭院中只要稍有空地，即适于种蕉。芭蕉能使人飘然生韵而免于俗气，可说与竹子有异曲同工之妙。同时芭蕉的易栽，又十倍于竹子，一两个月便已绿叶成荫。列坐其下，有如图画。而台榭轩窗，得芭蕉掩映，也都尽染绿色，望之沁人心脾。此外，在蕉叶上题诗留字，更是随写随换，方便至极，有时甚至雨过字拭，不烦自洗呢！笠翁有题蕉绝句云："万花题遍示无私，费尽春来笔墨资。独喜芭蕉容我俭，自舒晴叶待题诗。"正是就此而写。

2. 翠云

草色最葱蒨的，大概要首推翠云了。它的苍翠晶莹，除了天上彩云偶然幻化仿佛，可以说无物能够比拟了。化工之笔的神奇，实教人叹为观止。

3. 虞美人

虞美人花叶并娇，且动而善舞、摇曳生姿，所以又名"舞草"。传说中人若歌《虞美人》曲，则叶动如舞，这就恐怕有些言过其实了。

4. 书带草

书带草的名字极为雅致，可惜未能一见。根据《谱》载，则此种植物出于淄川城北当年郑康成读书处，或许就因为这样而得名的吧？

5. 老少年

这种草一名雁来红、一名秋色、一名老少年，都不十分妥切。因为雁来而红者，还有蓼花一种，经秋弄色的更是不一而足。倒是"老少年"三字还比较合宜，不过又嫌稍俗。笠翁曾改其名为还童草，庶几近之。这种草最特殊的地方在于后胜乎前，不只是一年之中，经秋更媚；就是一天里面，它也是到晚更媚。徐竹隐诗有云："叶从秋后变，色向晚来红。"可说是尽得它的特色了。

6. 天竹

一般的竹子无花而以夹竹桃代之，竹子不实而以天竹补之。这虽然是可以不必的蛇足的事，但造物者赋形的奇妙，也就于此可想象得之了。

7，虎刺

"长盆栽虎刺，宣石作峰峦。"如果设计布置得宜，便不难成一幅玲珑的案头山水。虎丘一地的卖花人，常以此盆栽出售图利，说来也确有他们的一套手艺。不过必须注意的是，虎刺必经久植，否则极难培植照顾。

8. 苔

苔这种东西，可说是至贱而易生的了。但真正到台阶新砌成，希望它滋生快些的时候，它可又偏偏不温不火，让人干着急。而好笑的是，一旦长成了，即使不想让它再长，也毫无办法呢！

9. 萍

水上生长浮萍，极富雅趣。但若弥漫太甚，充塞池沼，遂使池面一如陆地，则又不免有些破坏景致了。有功者往往也不可能无过，天下事似乎都是如此。

五、竹木部分

所谓的竹木类，乃是指些不开花的树而言。或是偶尔也开花，但世俗所用于它的，却不在于花，如此，虽开花而犹无花一般。大抵说来，花是一种表现媚态以邀宠于人的东西，而媚人者往往损己。所以开出漂亮花朵的树木，大多不能生存很久，不像桐、梓、漆这类树木朴质而久长。或许照这样说，那么所有的人都会认为树就是树便好了，又何必开花来不利于自己呢？须知道那些开漂亮花朵的树木，除了雨露、土壤，还得额外地灌溉、施肥，本身既不能独立生存，不开花引人眷顾又怎么办呢？而如果要无求于人，就必须甘为朴质无华的竹木了。人生的道理亦复如此，作任何选择，真的就在一念之间而已。我们又如何能不端正自己的心胸，使无视于肤浅的外美呢？以下介绍几种竹木，不过未经过亲自种植的，笠翁就不列举了。

1. 竹

俗话说："早间植树，晚上乘凉。"这当然只能说是一句形容的话罢了。不过竹子在树木中确是生长相当快速的，移种庭中，不旋踵就成高树。而高挺萧疏的神态，更使俗人之宅，转瞬成为高士之庐。其他的树则非十年以上的时间不可，就是最容易活的杨柳，要到绿树成荫，也仍得几年才行呢！移种竹子的方法，首先要注意多留宿土，因为移树最忌讳的便是伤害到根部，而如果土多，则根的盘曲如故。移种之后，自然不会有能否适应的问题了。其次是时间最好选在天刚阴而雨尚未下的时候，土稍潮又不尽湿，比较不会脱落。而移种之后，就沛然雨下，滋润之功，也有助于新旧土壤的混合无间。其实不唯竹子，移种树木，莫不皆然。

2. 松柏

苍松古柏之所以为美，就在于那份遒劲苍老的风味。一切花竹，无不以壮盛年轻为贵，唯独松、柏、梅三种，则愈老愈值钱。要领略这三种树木的姿态、神韵，除非移植，否则亲手栽植哪来得及呢？我们国画山水中的人物，不是扶筇曳杖地独行山道，就是矍铄安详地观山临水。偶有少年出现其中，则大多为携琴捧画的童仆之流。当然这并不能说是一种定格，但老者所散发出的那种沧桑内敛的味道，与书画古雅的精神较相一致，却是无法加以否认的。所以一座具有规模的亭园，如果没有十来棵老树主宰其间，而满园尽是娇花弱卉，那就好像竟日与小儿小女为伍般地难以沉潜了。

·*181*

3. 梧桐

一般的花木，到底什么时候种的？已经多大年纪了？主人经常都记不清楚。而梧桐则不然，一年一节，清清楚楚，只要数数树身节段，便知道它的树龄了。笠翁小时曾种梧桐一棵，每年都在它新增的树节上刻诗纪念，如是则个人的成长记录与之同留，也可以说是风雅韵事了。可惜后来毁于兵灾，一切都荡然无存。

4. 槐榆

树木之遮阴最多、利于休憩的，非槐即榆。《诗》有云"于我乎，夏屋渠渠"，则这两树可说就是夏屋了。所谓夏，并不是夏天的意思，而是大屋、大厦之谓。在宅旁种上槐或榆，不就等于大屋巨厦般的无所不庇了吗？

5. 柳

柳树贵乎悬垂，不垂则无俯仰之势。柳条贵长，不长则无袅娜之致。而除此之外，柳树又是蝉所群栖之处，禽鸟也时相来集，既供悦目，兼能娱耳。炎炎长夏，能稍减寂寞之情的，大概便得归功于柳树了。另外在栽种修剪时，如果能预留空隙，那么到了晚上，柳条掩映，而皓月微露，不也是另有一番情味吗？

6. 黄杨

黄杨是一种非常特殊的树木，每年只长一寸。但尽管如此，它仍然无悔无怨，循序渐长，既不横生枝节，而叶子苍翠、终年不改。如果说莲是花中的君子，那黄杨便该是树木中的君子了。笠翁能于树木的质性中别具领悟，所以他又称黄杨为知命树。

7. 棕榈

树之直上而无枝，棕榈是也。无枝或许还没什么奇怪，最奇怪的是它虽无枝却又有叶。将棕榈种在众芳之中，它既不会侵占其他花木的土地，更不至于遮蔽上面的天空。比起芭蕉来说，棕榈实在是相当能克己让人的树了。

8. 枫柏

草之中以叶为花的，有前面提过的翠云、老少年。而树木中以叶作花的，则有枫与柏。枫的丹红、柏的纯赤，可说是秋色中最浓的了。寒霜往往凋零草木，唯独使枫柏易色生辉，或许这正暗示了造物者的德威并施吧？

9. 冬青

冬青这种树，有松柏之实而不居其名，具梅竹之风而不矜其节。所以谈及傲霜砺雪，从未有人数过冬青，可以说是树木中的隐逸贤士了。

第五章 养生的道理与途径

下篇　日常生活的赏鉴

一、行乐部分

造物者创生的人类，为时不满百岁，想想也实在是可悲啊！那些夭折的人固然不必说了，即以得享天年的而言，就算三万六千日尽是追欢取乐的时光，原也不长。更何况百年之内，又有无数的忧愁困苦、疾病颠顿，使人眉为之锁、口为之闭。尤其虽暂生于天地间，却自有死亡之事日日惊扰伤怀。惜生惧死，本是人之常情。既然如此，而日日以死吓人，那造物者岂不是太不仁道了吗？不过笠翁认为这可以换一个角度来看，人既不能无死，则以旁人亲友死亡之事相惊恐，正可使人心生警惕，记取人生短暂的事实，及时行乐。从前康对山在北邙山麓修建了一座林园，举目即见丘坟累累，人家问他："日对此景，令人何以为乐？"没想到他却回答道："日对此景，乃令人不敢不乐。"这句话实在说得有理，人生短暂，何必自苦如此呢？一般养生家教人修炼，外则借重药石、内则讲究导气引息，往往流为荒诞邪辟。笠翁自许为儒家信徒，所凭必合于理，乃将他日常生活中实实在在的体验，贡献出来，以供人们参考验证。以下分类叙述。

1. 贵人行乐之法

人间至乐之境，唯帝王得以拥有。以下则公卿将相、文武百官，也都是足可行乐之人。当然，一般人或许会认为国事缠身、百务萦念，一天之内哪还有什么时间好去行乐的呢？其实这可是大错而特错了，因为须知道乐不在外而在心。大凡心以为乐，则无境不乐；心以为苦，便自然无境不苦了。譬如说当帝王的，即应该以当帝王之境为乐境。自己设想帝王之心诚然劳顿，但世间万千艳羡帝王的人，却求为片刻而不可得呢！再进一步来想，一举笔而安天下，一开口而抚众生，以天下百姓之乐为乐，则又有什么快乐能超过它？其次还须懂得知足，一个知足的人必然凡事能退一步想，以不如自己的人来看自己，则触目都是可喜可乐的事；若以胜过自己的人来比自己，那当然便觉处处可忧了。唐代的郭子仪拜汾阳王之后，便心满意足、不复他求，所以能安享人臣之福。汉代著名的飞将军李广，深耻自己官位的不如他人，一心一意求能封侯，最后却因延误军机而引刀自刭。如此看来，知足之乐，才是真正普遍而实在的快乐啊！

2. 富人行乐之法

劝贵人行乐尚易，劝富人行乐则难，为什么呢？首先因为钱财固然是行乐的资本，但是一多之后，却反而成为拖累人的东西了。一般人财多则必须运用，否则就无法孳息扩大。然不运用便罢，一运用则经营惨淡、坐立不安，其疲累简直是不可胜言。其次，一个人财多则必须善防，否则转瞬就化为乌有。然不防患则已，一防患则惊魂难安、风鹤皆兵，那种恐惧可真是不堪目睹。在这样的情况下，要富人能够行乐，确实是困难已极了。然既已知道关键在于钱财，自当从此下手。当然要富人多分钱财与人，或许并不容易，但减少敛聚总是可以做到的。而对那些贫户佃农而言，举手之劳、涓滴之助，却已经足够他们感恩戴德的了。如能进一步仗义急公，则听贫民的雷动欢声，更是富人至高无上的快乐。

至于世俗向往的声色之娱,贫穷时求之不得,自然热切。等财富既多,则不求亦有,便没什么稀罕的了。

3. 贫贱行乐之法

穷人要保持心情愉快,绝无秘法可言,仍是退一步设想而已。譬如说我以为贫,更有贫于我的人;我以为贱,更有贱于我的人;我以妻子为累,更有鳏寡孤独希望有家庭之累的人;我以胼手胝足为劳,更有身系牢狱求归耕而不得的人。能够如此居心,则苦海尽成乐地。且不只心境修养须当如此,连身体的历练也该如此。如夏日炎炎,斗室中备觉烦躁,则偏偏到骄阳下走一遭,这样两相比较,再回来时便自然感觉暑气渐消了。冬天苦寒,明知是墙垣单薄所致,却故意投身风雪,则回来时寒威之减,乃是理所当然的了。凡此都是以退一步设想的方法,来求得心境的平和安适。人生苦乐,原在比较中生出。既无法积极改善眼前的处境,那么就从心境的比较中去求取快乐,不也是非常实际而根本的吗?

4. 家庭行乐之法

世间最快乐的地方,无过于家庭。所谓:"父母俱存、兄弟无故,一乐也。"连亚圣孟子之乐,也不外如此,更何况一般凡俗之人呢?不过有一种人偏竟日在外结交朋友,沉溺女色,弃家庭于不顾。这说穿了,原也没什么好大惊小怪,不过喜新厌旧、恶常趋异的观念在作祟罢了。而既然知道了症结所在,要对症下药的话,莫过于随时变而新之。自己经常变换冠帽服饰,固然是焕然一新。而将在外胡乱花用的钱,拿来让父母妻孥添置衣饰、装扮门面,也同样会新鲜可喜。如此便不至于习见不新、久处生厌了。家庭乃是一个人的根本，根本如果抛弃了，那将要从何发展起呢？我们常看到小孩子一离开家，便啼哭不已。事实上外面当然有比家更好玩的地方，但就他们来说，再也没有什么比家更温馨宜人的了。如何保持一颗赤子之心，家庭乐趣就是不绝的泉源呢！

5. 道途行乐之法

前人谓道路行游为逆旅，则从字面上看来，似乎旅境都属逆境了。不错，风霜雨露、攀登跋涉，确实是相当辛苦。但不受行路之苦，便不能深切体会居家之乐。人生的各种滋味，正须一一品尝。譬如说游历了塞外的不毛之地，霜雪凛冽、驼铃凄怆，才更加了解生长东南沿海衣轻席暖、稻香鱼肥之足乐。当然，这还只是从消极的心理方面来说。进一步而言，则男子原本便该有志在四方的雄心。如此一来，既增广了见闻、拓展了心胸，乃至还能食所未食、尝所欲尝呢！像司马迁游历名山大川，因而气势磅礴、文笔疏宕，这不是人生所追求的至乐又是什么？

6. 春季行乐之法

人有喜怒哀乐，而天有春夏秋冬。春天乃是天地交欢、万物欣欣向荣的季节。人心至此，自然酣畅快乐。不过春天行乐，由于经过一个漫漫冬天的蛰伏，每每容易放纵过度。酷夏的煎熬，常是疾病、死亡的成因，所以俗话说："过得七月半，便是铁罗汉。"必须在春天行乐的时候，预先保留一分精神、心情，否则到炎炎溽暑，一个人便很难振作起来了。而春天这一明媚季节，笠翁认为花可熟观、鸟可倾听、山川云物之胜尽可遨游，唯独男女情欲之事，却得略存余地。诸般动物无不以春天作为交配繁衍的季节，而人之异于禽兽，就在于能够掌握自己、节制自己。使得春天美好，又不至于乐极生悲，这才是春天行乐之方。

7. 夏季行乐之法

夏季的酷热，对人毒害最深，《礼记》中所说的"是月也，阴阳争、死生分"实在是让人看了不寒而栗。一般人总以春季为行乐之时，其实三春精神旺盛，即使不乐，也不至于有损身体。夏天暑炙逼人、神耗气索，心中再不能保持平和愉快，那就残害更深了。所以夏天行乐，毋宁说是更有它的需要了。笠翁在明末清初鼎革荒乱的那几年里，避居山中，既绝意于仕途，则每天无所事事，或裸处乱荷叶下，或长卧长松树根，不必担虑有任何尘俗烦心，更无须防患任何恶客上门。欲食瓜而瓜生户外、思啖果而果落树头，随遇而安，真正是闲适无比。在每一个季节，尤其是夏天里，保持宁静自得之心，不使自己陷于内外忧煎之中，那真是养生所不可忽略的啊！

8. 秋季行乐之法

熬过了炎炎夏日，本已是可喜可贺的事。而到了秋天，凉风送爽、衣衫宽适，四体得以自如，真是此时不乐，更待何时呢？更何况霜雪即将接连而临，到时诸物变形、山川改貌，也确实就无可赏玩了。所以秋季的行乐，就在于如何把握有限的时光、充分运用，以满足个人的心愿。寄意于山水的，这时不妨多作登临啸傲；托怀于朋友相交的，则宜常相来往谈心。否则寒冬一到，万物闭藏，一切可就有得等了。

9. 冬季行乐之法

冬天行乐，必须要能够设身处地。当窗外狂风怒号、雨雪纷飘的时候，幻想自己踽踽道中，备受风雪之苦。如是则处于室中，无论广狭寒温，都觉得无限舒适满足了。曾经见有人画雪景山水，画中人手持破伞、独行古道之中，上面是狰狞险怪的悬崖。像这样的画，在隆冬正月里悬挂堂中，望之自觉居家的温暖安定了。能先有如此的感受，然后继之以乐，这时一分的乐境，便可抵二三分；五七分的乐境，则直可当十分来受用了。

10. 随时即景就事行乐之法

行乐的事情所在多有，不可能有一种固定的方法可贯穿全部。譬如说睡有睡的乐趣、坐有坐的乐趣、饮食有饮食的乐趣，甚至连如厕大小便也都有它的乐趣。而假使能见景生情、逢场作戏，即便是可悲可涕的事情，仍无碍于暂幻欢娱。否则在征歌选色的场合，也不免于心生悲戚啊！兹将生活上一般细节的行乐之法，略述于下。

首先谈到睡觉。天地生人以时，大约是动静各半。动为行起坐立诸事，而静则是睡眠了。一个人必须动静合宜，乃合养生之道。充分睡眠休息，则能蓄精养锐、裨益身心。所以说睡眠不只是睡眠而已，简直可以说是无人不需的药石了。前人有咏睡的诗歌云："花竹幽窗午梦长，此中与世暂相忘。华山处士如容见，不觅仙方觅睡方。"足见睡眠对养生健体的重要了。不过所谓睡觉，也并不是竟日昏睡而已。睡觉必须要有它适合的时间、地点，如此才能领受到真正的乐趣。早睡先时，昏昏沉沉的有如病人欲卧；晚睡后时，又容易半开半合地彻夜失眠。如何配合白天的作息择定睡眠时间，使不致过犹不及，这是非常重要的。又将睡时，千万别躺上床去苦等睡意来临。应该再找件事来做做，如此则事未做完而睡意忽至，一上床便呼呼睡去，岂不香甜之至？而睡觉的地点，则一定得考虑它是否安静凉爽，否则心烦气躁，如何获得真正的休息呢？

其次谈到坐的问题。孔子乃万世尊仰的至圣，但他的起居坐息，也都强调"寝不尸、居不容"。寝卧不直挺僵硬、坐息不务求观瞻，这是何等舒适自然的生活态度啊！所以我们日常生活中的坐法，也应该以孔子为师，不必故务端庄。也无须讲求边幅，随意兴所至，或箕踞而坐，或抱膝长吟，如是则身心俱适、无所不乐了。

再来谈行的问题。造物赋形于人，既有手足，便当作手足之用。所以贵人乘车马出门，反不如贫士安步当车来得快乐。步趋行止，既可以赏玩山水的佳胜也能够留心道途景观、人物的变化。五官四体，皆能合宜运用。尤其以步行代车，自然不必受别人的左右，缓急之间，全凭个人做主，这也是一件愉快的事啊！

而有关站立一事，笠翁认为当依站立的久暂而论。只站一会儿的，自然可以不必依倚。若是长久，便得有所傍恃了。所谓亭亭独立，美则美矣，却也只能偶一为之，否则便不免于血脉虬结的丑相了。傍恃之物，或倚长松，或凭怪石，或靠危栏，或扶瘦竹，既轻松愉快又高雅入画，岂不是一举两得的事吗？

另外也可以提提饮酒之事。宴聚饮酒之所以值得留恋，必须具备五点：酒量无论大小，贵在能够喜欢；酒伴无论多少，贵在善谈；佐酒饮具无论丰啬，贵在能不断；饮酒规矩无论宽猛，贵在可行；聚会时间无论长短，贵在适可而止。能够如此，才可以享受到喝酒的趣味，否则只是徒然伤害身体而已。除此之外，笠翁自己还另有喝酒的"五好五不好"，那就是不好酒而好客；不好食而好谈；不好长夜之欢，而好与明月相随而不忍别；不好为苛刻之令，而好受罚者欲辩无辞；不好使酒骂坐之人，而好其酒后尽吐肺腑。从这些话中，我们也不难体会到饮酒真率飘然的乐趣呢！

饮酒之事已如上述，自然不免要让人联想到闲谈之乐了。照说读书应该是最快乐的事，偏就有人常以为苦；清闲应该是最快乐的事情，同样地却有人嫌它寂寞。如此说来，既要避寂寞辛苦又想享受安闲，则莫如与高人雅士盘桓讲论了。所谓"与君一席话，胜读十年书""因过竹院逢僧话，又得浮生半日闲"，不都是获益良多而又免于把卷、独处的寂苦吗？

沐浴可说是炎夏一大乐事了。潮垢、浊污、炎蒸暑毒之气，都非沐浴不除。一般养生家总认为沐浴会耗损元神，而尽量避免。其实若用渐进的方法，不突然以热投冷、以湿犯燥，应该是不会有什么问题的。一开始时先用温水，使身体、水性两相调适，等水乳交融、渐入佳境之后，则逆灌顺浇、纵横其势，必求淋漓痛快而后已。

下棋弹琴的活动，一则必须整槊横戈、计较输赢，一则务求正襟危坐、身心整敛。而无论如何，似乎在休憩之际，都不必再如此斗胜求好了。所以要让自己完全放松、享受，则善弈不如善观、喜弹不若喜听。如此，既有下棋弹琴的乐趣，又不必付出心情紧张严肃的代价。当然，在观听之余，偶尔技痒，倒也不妨下个一盘、弹上一曲。而对悠闲的人来说，听琴观棋之外，还有看花听鸟，同样能使人身心同欢、浑然忘我。娇花嫩蕊、争妍竞艳、珍禽奇鸟、佳音并陈,这些可说是最怡人的声色享受了。笠翁每到花鸟季节,夜则后花而眠、朝则先鸟而起,总是尽情欣赏,以不负于造物者的苦心。而较之一般的凡夫俗子,也实在可当花鸟知音而无愧了。

至于蓄养禽鱼,则主要在于分心于无利害之物,使有事可做而无事可累。鸟类中以声悦人的,首推画眉、鹦鹉。而在一般人的观念里,鹦鹉又高乎画眉之上。事实上,鸟声之可听,正因为它的异于人声而纯为天籁。鹦鹉学舌,固然也算新巧,但翻来覆去总是那几句话,又怎能和画眉的灵巧变化相提并论呢?其他园囿中所养的动物,则以仙风道骨的鹤、鹿两种最受欢迎。家常所豢,鸡、犬、猫三种实占多数,不过其中似乎以猫为最得宠爱。其实猫之得以如此,无非因为不呼能来、闻叱不去的习性罢了。人的好恶往往有失立场,于此足见一斑。居家的休闲活动,蓄养禽鱼固是一方,而浇灌竹木也颇富田野之趣。且视暮顾、浇水施肥,闲适之情,令人悠然神往。尤其心力投注之后,则所植竹木欣欣向荣,人也自然随着萌生无限生机了。

二、止忧部分

忧愁到底能否忘怀呢?我想是不可能的,因为能忘怀的也就算不上什么忧愁了。不过忧愁尽管无法忘怀,却能想办法将它止住。譬如说劝人莫要忧贫,必须从实际的生财去贫方面帮助他,否则内有子女饥啼、外有债主催讨,又如何能不忧呢?又如劝人莫因落榜沮丧，也是得从如何考试方面给予实际的建议，才能让人重振精神。人生忧愁，不出可备、难防两种情况，兹略述如下。

1. 止眼前可备之忧

拂意逆心的处境，可以说是无人不有。问题只在于易处不易处、可防不可防而已，如果是一般易处而可防的事，那就在事情尚未发生的时候，先筹好一计以待之。计划订好之后，最好便暂时把事情抛到一旁，否则一筹再筹，三心二意，只是徒增困扰。这就是以静待动之法，既易知而亦易行。

2. 止身外不测之忧

常言道"乐极生悲"，大概人生旅途，总不免于波折起伏。祸福相倚，终难预料。而既不能先期了解，自然也没办法个别防患了。唯有讲求一般性的个人修养，使身外不测之忧消弭于无形。至于止忧之法，约略说来有五：一是谦以省过，二是勤以砺身，三是俭以储费，四是恕以息争，五是宽以弭谤。果能如此，必能大事化小、小事化无。而即使有时在劫难逃，也可以坦荡无愧了。

三、调饮啜部分

食物本草这一类的书，是养生家所必需的，但翻阅一过，便该搁置旁边，不可处处执以为准。否则照书饮食，所好非所食，所食非所好，恐怕身体未必养好，倒要吃出毛病来了。所谓"食、色，性也"，既要借饮食来达到养生的目的，又如何能乖离自己的本性呢！以下有几点原则可供参考。

1. 爱食者多食

生平所爱吃的东西，就一定对身体有益，不必再斤斤计较地去翻查有关书籍。食物随性之所好而定，否则未有利于其身，已先致害于其心了。不过爱食者多食，也必须讲调剂君臣之法。譬如说肉与饭比，则饭为君而肉为臣；姜酱与肉比，则肉为君而姜酱为臣了。不管喜不喜欢，都是不能本末倒置的。

2. 怕食者少食

大凡吃下去的东西凝滞胃中、不能消化，便是引发问题的病根。这种情形多半是吃了不喜欢的食物所引致，因为厌食怕吃，则心情不开，虽然勉强下咽，也难随之而化。所以生性厌恶的食物，就应当少吃，甚至最好是不吃，才符合养生之道。

3. 太饥勿饱

想要调和饮食，必须先使饥饱均匀。大约饿到七分时进食，最为合宜。但得注意的是，七分之饥，也当予以七分之饱。像稻田中的水，务求与禾苗相称，需要多少，便灌注多少，太多太少都足以伤害禾稼。有时候由于忙碌太过，以至于饿坏了，等到进食之际，千万不可过饱，甚至宁可失之于少。因为一下子吃太多，则饥饱相搏，饮食的秩序混乱，很容易便会伤害到肠胃，而影响个人的健康。

4. 太饱勿饥

饥饱之度,最好不过七分。但有时难免饕餮太甚以致吃得过饱。这时调和的方法,也是应该渐进平和,宁可稍失之于丰而绝不可以过于俭啬。否则若认为积食难消,干脆禁食几餐,免得腹胀不适。那就像丰年之后,乍遇奇荒,过惯了饱食的生活,如何能忍受突来的饥饿呢?

5. 怒时哀时勿食

喜怒哀乐的情绪正当萌动之际,最好不要进食。尤其是哀怒的时候,更是绝对不可。因为生气激动,则食物草草咽吞,易下而难消。悲哀消沉,则整个人毫无精神意绪,食物难消而亦难下。必待情绪渐趋和缓而后进食,乃易于消化。

6. 倦时闷时勿食

倦累的时候勿食,是为了防止瞌睡。瞌睡则食物上下不得,而且也食之无味。烦闷的时候勿食,则是为了避免恶心。恶心则食物非只不能下咽,恐怕会因而呕吐呢!每吃一种东西,总得有一种东西的用处,但在倦闷哀怒时进食,却恐怕未蒙其利,反要先受其害了。

四、节色欲部分

男女之事,是伦常组织的一个开始,当然是不可或缺的。尤其阴阳男女的不可相无，正好像天地之不能只存其半一样。设若没有了地，那不仅是无地，连天也无法独存了。因为地上的江河湖海既已不在，则天上的日月奚自而藏？而雨露又从何宣泄？所以男女之事，倒不必像道学家般地板起脸孔避不谈论，只要行之合宜，对人应该是有利无害的。不过要讲求合宜适度，便必须节制过度或不合时宜的欲望，否则难免会伤生害命。笠翁在这一单元里，提出了节快乐过情之欲、节忧患伤情之欲、节饥饱方殷之欲、节劳苦初停之欲、节新婚乍御之欲、节隆冬盛暑之欲等几点意见，道人之所不敢道、言人之所不能言，也算是有助于养生之道了。

五、却病部分

一个人疾病的发作，固然有它的原因；而疾病的潜伏，也同样存在着它的问题。要断绝此一问题，便只有和之一字了。所谓"物必先腐，而后虫出"，如果一棵树的根本稳固、枝叶繁茂，那么就是有虫，也对这棵树无可奈何。而一个人所当调和以固其根本的，有气血、脏腑、脾胃、筋骨种种。但若要逐节调和，则头绪纷杂，往往不免于顾此失彼。防病而病生，岂不是要让病魔暗笑吗？最根本的办法，莫过于善和其心了。因为心和则百体皆和，即使一体偶有不和，有心居中驭控，也总能化大为小、化小为无。至于心和之法，实在也很难具体详言，无非是哀不至伤，乐不至淫，怒不至于欲触，忧不至于欲绝，略带三分拙，兼存一线痴；微聋与暂哑，均是寿身资等修养的至理。果能如此，自然心和体健了。

至于其他具体的防病、却病之方，兹再略述如下。

1. 病未至而防之

所谓病未至而防之，乃指疾病虽然尚未发作，而已有可能致病的缘由或必致生病的情势，如此随即投以药物，使它发作不出来。就好像敌人想要侵犯于我，我却横兵列阵以先发制人一样。偶然因衣薄而致寒或以食多而伤饱，这是一般人所常患的小毛病。当稍有寒凉便即畏风、略作饱食就胀闷欲呕的现象出现时，疾病的缘由、情势，可说已显现了征兆。这时赶紧服一些散风驱汗、化积速消的药物，自然可消弭病端于无形之中了。

2. 病将至而止之

所谓病将至而止之，指的乃是病形将见而未见、病态欲支而难支，与久病初愈的人同一景况。这时所最忌讳的，便是因害怕而胡乱猜疑。不管是不是疾病或者究竟是什么疾病，只要心中没有定见，则治疗自然三心二意、不能全力施为，结果便转盼成疾了。如果发现情况不对，马上睡眠、饮食严加注意，那么病魔又如何能得逞呢？

3. 病已至而退之

病已至而要将它驱退，全靠病人的沉着平静。大敌既已当前，恐怖战栗又有什么用？心宽虑定，还或许可以渐除疾病；气躁心急，便只有病上加病了。这时固然需要医生，而最主要的仍是要靠病人本身。冷静细心，免得在分析病情时，将医生引到错误的方向。愈能如此，则病因愈明，医生的下药也就集中而专门了。

对症下药、一举奏效，决定性的力量还是来自病人呢！

六、疗病部分

　　真正能让一个人健康长寿的，主要还是要看个人的饮食、睡眠等习性，以及他的心境修养和意志力。依笠翁的看法，天地之间，只有贪生怕死的人，绝无起死回生之药。所谓"药医不死病，佛度有缘人"就是这个意思。疾病之能否治愈，或许药石也并不能真正废掉，但无论如何，病人自己的信念、意志力，却必然是救命的药方。更何况"药不执方，医无定格"，同样的药施之于甲，毫无效果，而用之于乙，却可能霍然而愈。所以说"救得命活，即是良医。释得病痊，便称良药"。行医用药，必须能掌握每个人的个别差异，不拘执于一成不变的医书药理，如此才能自出新意而奏奇效。以下列举可供药用的几种东西，使读者知此而收举一反三的效果。

　　1. 本性酷好之药

　　每一个人在一生当中，必定有他特别偏嗜偏好的东西，如刘伶的嗜酒、卢仝的嗜茶、权长孺的嗜瓜等都是。而这种性中带来的癖嗜，往往与生命相通。剧病得此一物，常具良药的功效。其实心理的治疗、协助，可说是治病的要素。偏嗜偏好之物的有益病躯，即基于此一原理。一般医生不明白这点，总要依照药书、详查药性，丝毫不敢加以变通，自然无法突破困境而终为庸医罢了。

2. 其人急需之药

每个人所急切需要的东西，在心理治疗上，也可视同药物，譬如说穷人缺财、富人慕官、贵人盼升、老人欲寿等都是。而正因为需求的迫切，所以得之必大喜过望，疾病乃随而痊愈过半了。凡是病情非药石所宜对付的，不妨以这种办法试试看。

3. 一心钟爱之药

凡是人心私爱所钟，无论是娇妻美妾或是至亲密友，如果思之而不得、得而弗能亲，便往往容易忧愁成病。而解除这种疾病的唯一药方，便是钟爱之人的翩然降临了。甚至因为其他原因得病的，有了感情的慰藉，也无不耳清目明，精神为之陡健。

4. 一生未见之药

大概说来，每个人总有希望拥有而百般求之不得的东西，像文士之于异书、武人之于宝剑、醉翁之于名酒、佳人之于美饰。这些东西既一往情深、梦寐久之，则一旦获得，那种欢天喜地之情，自足以令人雀跃不已，就是有病在身，也将不药而愈了。

5. 平时契慕之药

就心理上而言，平时最为企慕景仰的人，也可作为疗疾之药。大凡一个人有生平向往却惜未谋面者，如果他惠然肯来，则以之作药，效果必然是直接而快速的。从前秦始皇读了韩非的书，汉武帝欣赏了司马相如的赋，无不心仪作者，唯恐无法与之同游。

设若秦始皇、汉武帝卧疾的时候,而韩非、司马相如忽然到来,则病体的霍然而起,乃是可想而知的了。

6. 素常乐为之药

平素所喜欢的事,往往能消忧解愁、有益病体。譬如说笠翁一生没有什么癖好,就是喜欢著书立说。而当执笔在手时,忧愁不见了、怒气消失了,甚至牢骚不平的情绪也荡然无存了。试想疾病的萌生,无不始于七情的乖舛,既有了调和情性的药方,那疾病又如何能为患于我呢?当然,文人好著书,其他人也无不有他们的寄托,或耽诗癖酒,或慕乐嗜棋,至于诸般嗜好之调理身心,则莫不皆然。

7. 生平痛恶之药

获得偏嗜偏好的东西,既可减病疗疾,那么特别厌恶的东西一旦除去,也应该可以起沉疴才对。无病的人,目中尚且不能容下一丝细屑,只要去掉一件可憎的东西,就觉得如同拔掉眼中钉一般。而生病的人,情绪愈见低沉偏激,若睹生平痛恶之物与切齿之人,忽焉尽除,那岂不是要更加快乐了吗?心中欢畅,自然会有益于病体了。

附录

原典精选

附录　原典精选

词曲部

结构第一

立主脑

古人作文一篇，定有一篇之主脑。主脑非他，即作者立言之本意也。传奇亦然，一本戏中，有无数人名，究竟俱属陪宾，原其初心，止为一人而设。即此一人之身，自始至终，离合悲欢，中具无限情由、无穷关目，究竟俱属衍文，原其初心，又止为一事而设。此一人一事，即作传奇之主脑也。然必此一人一事，果然奇特，实在可传而后传之，则不愧传奇之目；而其人其事，与作者姓名，皆千古矣。如一部《琵琶》，止为蔡伯喈一人，而蔡伯喈一人，又止为"重婚牛府"一事。其余枝节，皆从此一事而生，二亲之遭凶、五娘之尽孝、拐儿之骗财匿书、张大公之疏财仗义，皆由于此。是"重婚牛府"四字，即作《琵琶记》之主脑也。一部《西厢》，止为张君瑞一人，而张君瑞一人，又止为"白马解围"一事。其余枝节，皆从此一事而生，夫人之许婚、张生之望配、红娘之勇于作合、莺莺之敢于失身、与郑恒之力争原配而不得，皆由于此。是"白马解围"四字，即作《西厢记》之主脑也。余剧皆然，不能悉指。后人作传奇，但知为一人而作，不知为一事而作。尽此一人所行之事，逐节铺陈，有如散金碎玉。以作零出则可，谓之全本，则为断线之珠、无梁之屋。作者茫然无绪，

· 207 ·

闲情偶寄：艺术生活的结晶

观者寂然无声。无怪乎有识梨园，望之而却走也。此语未经提破，故犯者孔多，而今而后，吾知鲜矣。

脱窠臼

"人惟求旧，物惟求新。"新也者，天下事物之美称也。而文章一道，较之他物，尤加倍焉。戛戛乎陈言务去，求新之谓也。至于填词一道，较之诗赋古文，又加倍焉。非特前人所作，于今为旧，即出我一人之手，今之视昨，亦有间焉。昨已见而今未见也，知未见之为新，即知已见之为旧矣。古人呼剧本为"传奇"者，因其事甚奇特，未经人见而传之，是以得名。可见非奇不传，"新"即"奇"之别名也。若此等情节，业已见之戏场，则千人共见、万人共见，绝无奇矣，焉用传之。是以填词之家，务解"传奇"二字。欲为此剧，先问古今院本中，曾有此等情节与否。如其未有，则急急传之；否则枉费辛勤，徒作效颦之妇。东施之貌，未必丑于西施，止为效颦于人，遂蒙千古之诮。使当日逆料至此，即劝之捧心，知不屑矣。吾谓填词之难，莫难于洗涤窠臼，而填词之陋，亦莫陋于盗袭窠臼。吾观近日之新剧，非新剧也，皆老僧碎补之衲衣、医士合成之汤药。取众剧之所有，彼割一段，此割一段，合而成之，即是一种"传奇"。但有耳所未闻之姓名，从无目不经见之事实。语云："千金之裘，非一狐之腋。"以此赞时人新剧，可谓定评。但不知前人所作，又从何处集来？岂《西厢》以前，别有跳墙之张珙，《琵琶》以上，另有剪发之赵五娘乎？若是，则何以原本不传而传其抄本也？窠臼不脱，难语填词，凡我同心，急宜参酌。

宾白第四

语求肖似

文字之最豪宕、最风雅,作之最健人脾胃者,莫过填词一种。若无此种,几于闷杀才人、困死豪杰。予生忧患之中、处落魄之境,自幼至长,自长至老,总无一刻舒眉。惟于制曲填词之顷,非但郁藉以舒、愠为之解,且尝僭(jiàn)作两间最乐之人,觉富贵荣华,其受用不过如此,未有真境之为所欲为,能出幻境纵横之上者。我欲做官,则顷刻之间,便臻荣贵。我欲致仕,则转盼之际,又入山林。我欲作人间才子,即为杜甫李白之后身。我欲娶绝代佳人,即作王嫱西施之元配。我欲成仙作佛,则西天蓬岛,即在砚池笔架之前。我欲尽孝输忠,则君治亲年,可跻尧舜彭篯之上。非若他种文字,欲作寓言,必须远引曲譬,蕴藉包含。十分牢骚,还须留住六七分,八斗才学,止可使出二三升。稍欠和平,略施纵送,即谓失风人之旨、犯佻达之嫌,求为家弦户诵者难矣。填词一家,则惟恐其蓄而不言,言之不尽。是则是矣,须知畅所欲言,亦非易事。言者,心之声也,欲代此一人立言,先宜代此一人立心。若非梦往神游,何谓设身处地?无论立心端正者,我当设身处地,代生端正之想。即遇立心邪辟者,我亦当舍经从权,暂为邪辟之思。务使心曲隐微,随口唾出。说一人,肖一人,勿使雷同,弗使浮泛。若《水浒传》之叙事、吴道子之写生,斯称此道中之绝技。果能若此,即欲不传,其可得乎?

闲情偶寄：艺术生活的结晶

居室部

房舍第一

人之不能无屋，犹体之不能无衣，衣贵夏凉冬燠，房舍亦然。堂高数仞，榱题数尺，壮则壮矣，然宜于夏而不宜于冬。登贵人之堂，令人不寒而栗，虽势使之然，亦寥廓有以致之，我有重裘而彼难挟纩故也。及肩之墙，容膝之屋，俭则俭矣，然适于主而不适于宾。造寒士之庐，使人无忧而叹，虽气感之乎，亦境地有以迫之，此耐萧疏而彼憎岑寂故也。吾愿显者之居，勿太高广。夫房舍与人，欲其相称。画山水者有诀云："丈山尺树，寸马豆人。"使一丈之山，缀以二尺三尺之树；一寸之马，跨以似米似粟之人，称乎，不称乎？使显者之躯，能如汤、文之九尺十尺，则高数仞为宜。不则堂愈高而人愈觉其矮，地愈宽而体愈形其瘠，何如略小其堂，而宽大其身之为得乎。处士之庐，难免卑隘。然卑者不能耸之使高、隘者不能扩之使广，而污秽者、充塞者，则能去之使净。净则卑者高而隘者广矣。吾贫贱一生，播迁流离，不一其处，虽债而食、赁而居，总未尝稍污其座。性嗜花竹，而购之无资，则必令妻孥忍饥数日，或耐寒一冬，省口体之奉，以娱耳目。人则笑之，而我怡然自得也。性又不喜雷同，好为矫异。常谓人之葺居治宅，与读书作文，同一致也。譬如治举业者，高则自出手眼，创为新异之篇。其极卑者，亦将读熟之文，移头换尾，损益字句，而后出之。从未有抄写全篇，而自名善用者也。乃至兴造一事，则必肖人之堂以为堂、窥人之户以立户，稍有不合，不以为得，而反以为耻。常见通侯贵戚，掷盈千累万之资以治园圃，必先谕大匠曰：亭则法某人之制，榭则遵谁氏之规，勿使稍异。而操运斤之权者，至大厦告成，必骄语居功，谓其立户开窗、安廊置阁，事事皆仿名园，纤毫不谬。噫，陋矣。以构造园亭之胜事，上之不能自出手眼，如标新创异之文人；下之至不能换尾移头，学套腐为新之庸笔，尚嚣嚣以鸣得意，何其自处之卑哉？予尝谓人曰："生平有两绝技，自不能用，而人亦不能用之，殊可惜也。"人问：绝技维何？予曰："一则辨审音乐，一则置造园亭。性嗜填词，每多撰著，海内共见之矣。设处得为之地，自选优伶，使歌自撰之词曲，口授而躬试之，无论新裁之曲，可使迥异时腔；即旧日传奇，一概删其腐习而益以新格，为往时作者，别开生面，此一技也。一则创造园亭，因地制宜，不拘成见，一榱一桷，必令出自己裁，使经其地、入其室者，如读湖上笠翁之书，虽乏高才，颇饶别致。岂非圣明之世，文物之邦，一点缀太平之具哉？噫，吾老矣，不足用也。请以崖略付之简篇，供嗜痂者采择，取其一得，如对笠翁，则斯编实为神交之助尔。"

土木之事，最忌奢靡。匪特庶民之家，当崇俭朴，即王公大人亦当以此为尚。盖居室之制，贵精不贵丽，贵新奇大雅，不贵纤巧烂漫。凡人止好富丽者，非好富丽，因其不能创异标新，舍富丽无所见长，只得以此塞责。譬如人有新衣二件，试令两人服之，一则雅素而新奇、一则辉煌而平易，观者之目，注在平易乎，在新奇乎？锦绣绮罗，谁不知贵，亦谁不见之。缟衣素裳，其制略新，则为众目所射，以其未尝睹也。凡予所言，皆属价廉工省

· 211 ·

之事，即有所费，亦不及雕镂粉藻之百一。且古语云："耕当问奴，织当访婢。"予贫士也，仅识寒酸之事，欲示富贵而以绮丽胜人，则有从前之旧制在。

新制人所未见，即缕缕言之，亦难尽晓，势必绘图作样。然有图所能绘，有不能绘者。不能绘者十之九，能绘者不过十之一，因其有而会其无，是在解人善悟耳。

器玩部

制度第一

人无贵贱，家无贫富，饮食器皿，皆有必需。一人之身，百工之所为备，子舆氏尝言之矣。至于玩好之物，惟富贵者需之。贫贱之家，其制可以不问。然而粗用之物，制度果精，入于王侯之家，亦可同乎玩好。宝玉之器，磨砻不善，传于子孙之手，货之不值一钱。知精粗一理，即知富贵贫贱，同一致也。予生也贱，又罹奇穷，珍物宝玩，虽云未尝入手，然经寓目者颇多。每登荣膴之堂，见其辉煌错落者，星布棋列，此心未尝不动，亦未尝随见随动，因其材美而取材以制用者，未尽善也。至入寒俭之家，睹彼以柴为扉、以瓮作牖，大有黄虞三代之风，而又怪其纯用自然，不加区画。如瓮可为牖也，取瓮之碎裂者联之，使大小相错，则同一瓮也，而有哥窑冰裂之纹矣。柴可为扉也，取柴之入画者为之，使疏密中窾，则同一扉也，而有农户儒门之别矣。人谓变俗为雅，

附录 原典精选

犹之点铁成金,惟具山林经济者能此,乌可责之一切?予曰:"垒雪成狮,伐竹为马,三尺童子,皆优为之,岂童子亦抱经济乎?有耳目,即有聪明;有心思,即有智巧。但苦自画为愚,未尝竭思穷虑以试之耳。"

饮馔部

蔬菜第一

吾观人之一身,眼耳鼻舌,手足躯骸,件件都不可少。其尽可不设而必欲赋之,遂为万古生人之累者,独是口腹二物。口腹具而生计繁矣,生计繁而诈伪奸险之事出矣,诈伪奸险之事出,而五刑不得不设。君不能施其爱育,亲不能遂其恩私,造物好生,而亦不能不逆行其志者,皆当日赋形不善,多此二物之累也。草木无口腹,未尝不生;山石土壤无饮食,未闻不长养。何事独异其形,而赋以口腹。即生口腹,亦当使如鱼虾之饮水,蜩螗之吸露,尽可滋生气力,而为潜跃飞鸣。若是,则可与世无求,而生人之患熄矣。乃既生以口腹,又复多其嗜欲,使如溪壑之不可厌。多其嗜欲,又复洞其底里,使如江海之不可填。以致人之一生,竭五官百骸之力,供一物之所耗而不足哉!吾反复推详,不能不于造物是咎。亦知造物于此,未尝不自悔其非。但以制定难移,只得终遂其过。甚矣,作法慎初,不可草草定制。吾辑是编而谬及饮馔,亦是可已不已之事。其止崇俭啬,不导奢靡者,因不得已

· 213 ·

而为造物饰非，亦当虑始计终，而为庶物弭患。如逞一己之聪明，导千万人之嗜欲，则匪特禽兽昆虫无噍类，吾虑风气所开，日甚一日。焉知不有易牙复出，烹子求荣，杀婴儿以媚权奸，如亡隋故事者哉！一误岂堪再误，吾不敢不以赋形造物，视作覆车。

声音之道，丝不如竹，竹不如肉，为其渐近自然。吾谓饮食之道，脍不如肉，肉不如蔬，亦以其渐近自然也。草衣木食，上古之风。人能疏远肥腻，食蔬蕨而甘之。腹中菜园，不使羊来踏破。是犹作羲皇之民、鼓唐虞之腹，与崇尚古玩，同一致也。所怪于世者，弃美名不居，而故异端其说，谓佛法如是，是则谬矣。吾辑《饮馔》一卷，后肉食而首蔬菜，一以崇俭、一以复古，至重宰割而惜生命，又其念兹在兹，而不忍或忘者矣。